생각을 끄는
스위치가 필요해

글·그림

인프제 보라

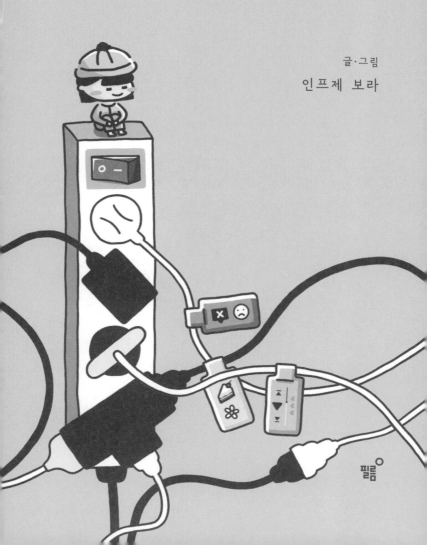

필름

생각이 너무 많아 잠 못 드는 밤.

깜깜한 우주 속에서 혼자 떠다니는 기분.

굳이 설명하지 않아도

있는 그대로 이해받고 싶어.

내가 너를 이해할게.

외롭지 않게.

너로 빛날 수 있게.

고요 속에 조용히 반짝이는

우리만의 별빛으로 밤을 위로하자.

추천의 글

이 책은 단순한 에세이가 아닌 '예민한 만큼 섬세하고 섬세한 만큼 소중히 다뤄주어야 할 모두를 위한 책'이라고 말하고 싶다. 마음이 피곤하고, 눈치 보이고, 뚝딱이고, 예민해지고, 생각이 많은 날 이 책을 읽어보라. 가만히 읽어 내려가면 나를 어루만지는 듯한 문장에 생각이 그저 흘러가고 감정이 나아지는 경험을 하게 될 것이다.

고은지
《너의 하루가 따숩길 바라》 저자

걱정과 불안에 잡아먹힐 것 같을 때면 아주 먼 옛날을 상상한다. 수렵과 채집으로 삶을 이어 나가던, 나의 조상의 조상의 조상이 살던 시대. 사방에 위험이 도사리고 있었던 그 시절에는 오직 예민한 사람들만 끈질기게 살아남았겠지. 이렇게 생각하면 쓸데없이 예민한 나를 조금은 받아들일 수 있게 된다. 하지만 이제 그럴 필요가 없다. 인프제 보라를 알게 되었으니까. 이 책은 예민해서 섬세한 인프제가 세상 모든 내향인에게 전하는 가식 없는 위로. N도 S도, F도 T도 모두 고개를 끄덕일 수밖에 없을 것이다.

하현
《아이스크림 : 좋았던 것들이 하나씩 시시해져도》 저자

차례

Part 1

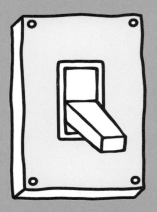

나,

가장 가깝고 먼

생각의 걸음걸이

나는 생각의 걸음이 느렸다. 혼자 걸을 때야 상관없었지만, 누군가와 함께 걸을 때는 벤치에 앉아 쉬는 시간이 필요했다. 생각의 발자취를 천천히 따라가며 음미할 시간을 충분히 가져야 했다. 말의 온기를 느끼고 향기를 맡아야 했다. 타인이 하는 말을 온전히 이해하고 싶었고, 내가 하는 말을 온전히 이해시키고 싶었다. 어떤 불순물도 섞이지 않은 순수하고 완전한 형태로 대화하고 싶었다. 색안경을 벗고 각자의 색깔로 서로에게 스며들고 싶었다. 나에게 대화란 말을 주고받음으로써 끝나는 게 아닌, 서로를 이해하고 공감하며 탐구해 가는 과정이었다.

그러나 생각이 많은 사람은 대화의 끈을 유연하게 이어가기가 힘들다. '저 표정은 무슨 표정이지? 목소리가 살짝 낮아진 것 같은 건 기분 탓이겠지. 아, 뭐라고 대답해야 잘 대답했다고 소문이 날까. 쓸데없는 말실수를 하고 싶지는 않은데.' 익숙하지만, 낯선 얼굴을 마주 보고 대화하는 건 꽤 까다로운 일이었다. 예측 불가능한 속도로 움직이는 입술의 모양을 읽으며, 몇 분의 몇 박자로 한 옥타브를 넘나드는 목소리를 들으며, 미묘하게 달라진 표정과 의도가 가득해 보이는 어색한 몸짓 뒤에 숨겨진 의미를 파악해야만 했다. 혼자만의 생각은 꼬리에 꼬리를 물고 이어졌다.

글을 다 쓰고 나면 맞춤법 검사기를 돌려보곤 하는데 말할 때도 마찬가지였다. 떠오르는 수많은 생각 중에 어떤 생각을 꺼내야 할지, 혹시나 내 생각이 타인의 기분을 상하게 하지는 않을지. 머릿속 백과사전을 뒤져가며 단어 하나, 조사 하나 검토했다. 그러다 보니 대화에 집중하지 못하고 혼자 다른 생각의 길로 빠져 흐름을 놓칠 때가 많았다. 화제가 빨리 바뀌는 대화일수록 더 그랬다. 말과 말 사이의 시간은 턱없이 부족했고, 더디고 더딘 내 속도에 말걸음을 맞춰달라고 할 수는 없는 노릇이었다.

생각의 무게도 측정할 수 있었다면 나는 아마 위험 수위를 넘어섰을지도 모른다. 제때 밖으로 표출되지 못하고 안에서 차곡차곡 쌓인 생각들은 자기들끼리 뒤엉켜 붙어 나를 무겁게 짓눌렀다. 풍선처럼 부푸는 생각을 멈추기 위해선 최악의 가정을 해야만 했다. 그래야만 응어리진 생각의 덩어리가 "펑" 하고 터져버렸다. 생각의 잔해들은 허공을 힘없이 떠다니다가, 그날의 기분과 함께 바닥으로 가라앉았다. 생각은 머리가 지끈거리는 두통을 건네며 "잘 있어." 하고 인사하는 듯하더니, 통증이 가실 틈도 없이 더욱 거대해진 모양으로 다시 나타났다.

밥을 먹을 때도, 걸어 다닐 때도, 쉴 때도 생각은 계속 이어졌다. 피곤하지도 않은지 부지런하게 머릿

속을 드나들었다. 잠에 들 때 빼고는 모든 시간을 생각하며 산다고 해도 과언이 아닐 정도였다. 단물 빠진 껌처럼 뱉어낸 말도 곱씹고 곱씹었다. 생각을 끄는 스위치 같은 게 있었다면 얼마나 좋았을까. 그랬다면 쓸데없는 걱정으로 감정을 소모할 일도, 시간을 날리는 일도 없었을 텐데. 핸들도 브레이크도 고장 난 자전거를 타고 도로 위를 달리는 기분이었다. 내 마음대로 속력을 늦출 수도, 방향을 틀 수도 없었다.

마음의 용량은 이미 초과했다고 빨간 불이 떴지만, 정렬되지 않은 어수선한 생각들을 어디서부터 어떻게 비워내야 할지 알 수가 없었다. "아무 생각도 안 해."라고 말할 수 있는 사람이 부러웠다. 생각을 하지 않는 것은 나에겐 불가능에 가까웠으니까. 아무 생각을 안 하는 생각을 하는 거라면 모를까.

생각의 바다에서 한참을 헤엄치다
마음에 쥐가 나서 가라앉았다.

언젠간 깨질 테니까

예전에 떼어뒀던 어금니가 수명이 다 됐는지 끄트
머리가 살짝 떨어져 나가 있었다. 통증이 있진 않았
지만, 깨진 틈 사이로 음식물이 끼이는 게 이따금
불편했다. 이대로 방치해도 되나 싶은 생각에 인터
넷에 접속해 '어금니 깨짐'이라고 검색했다. 스크롤
을 내리다 "치과는 늦게 갈수록 치료비가 실시간으
로 오릅니다."라는 글이 내 눈에 들어왔다. 불안감
이 엄습해 왔다. 돈도 고통도 무서워서 미룰 수 있
을 때까지 최대한 미뤄왔던 치과를 이제는 가야만
할 것 같았다. 더는 지체할 수 없었다.

모두가 그렇겠지만, 치과에 가는 건 항상 두렵다.

"조금만 더 미룰까? 아직 통증은 없으니까 더 버텨 봐도 괜찮지 않을까?" "말이 되는 소리를 해. 치과 는 늦게 갈수록 치료비가 실시간으로 오른다잖아!" 치과에 가는 날이 다가올수록 내 마음은 시계추처 럼 좌우로 흔들렸다. 돌아가는 태엽을 거꾸로 돌리 고 싶었다. 이랬다저랬다 변덕 부리는 마음을 달래 느라 얼마나 애를 썼는지 모른다. 어른이 되어도 치 과에 가기 싫은 건 7살의 내 모습과 다를 게 없다.

설레발인지, 긴장한 탓인지 예약 시간보다 20분 정 도 일찍 치과에 도착했다. 남은 시간 동안 병원 주 변을 한 바퀴 맴돌며 떨리는 마음을 진정시켰다. 제 자리에서 뛰어도 보고 발을 동동 굴러도 봤지만, 그 리 효과가 있는 것 같진 않았다. 지금이라도 발끝 을 돌려 집에 가고 싶었다. "아니야, 여기까지 어떻 게 마음먹고 왔는데." 이대로 돌아갈 순 없었다. 병 원 안이 훤히 보이는 투명한 유리로 된 이 문만 열 면 되는걸. 나는 심호흡을 세 번 하고 비장한 각오 로 문손잡이를 내 가슴 쪽으로 당겼다.

의사는 조금만 늦게 왔어도 충치가 뿌리 안쪽까지 썩어 들어갔을 거라고 했다. 그랬다면 신경치료까지 해야 했다며, 타이밍 좋게 잘 왔다고 말했다. 구멍 난 어금니가 어떻게 억지로 버티고 있었다고, 막바지에 다다랐다고, 이제라도 와서 다행이라고 했다. 기분이 이상했다. 의사가 주어를 생략하고 말해서 그럴 수도 있지만, 나는 그 말이 꼭 나에게 하는 말처럼 들렸다. 지금 내 마음 상태에 대한 진단 결과처럼 들렸다.

몸이 아프면 병원에 가면 될 일이지만, 마음이 아프면 그러기가 쉽지 않다. 마음의 병은 진단도 치료도 스스로 하게 된다. 보이지 않는 충치처럼 겉으로 드러나지 않기에 어떻게든 버틴다. 버틸 수 있을 때까지 참는다. 이대로 가면 힘들어질 거란 게 눈에 뻔히 보여도, 내 마음 깊은 곳까지 썩어 들어갈 상처가 될 거라는 걸 알면서도 그대로 둔다. 깨진 내 어금니도, 흠집이 난 내 마음도 치료가 늦을수록 원래의 상태로 회복이 어려워지는 건 다를 바가 없다.

이제 어금니도 치료했으니, 마음에 금이 간 나를 돌봐야겠다. 곧 깨져버릴 조각난 마음을 붙여야겠다. 심장에 청진기를 대고 마음의 소리를 들어야겠다. 앞으로 다가올 시련을 잘 극복하길 바라며 미리 예방 주사도 놔줘야겠다. 아문 줄 알았던 상처가 덧난 자리에 정성스럽게 약도 발라줘야겠다. 돈이 드는 것도 아니니 되도록 자주 들여다봐 줘야겠다. 과잉 진료 없이 정직하게. 내가 나를 찾아오는 게 두렵지 않게, 무섭지 않게. 친절하고 따뜻하게 맞이해야겠다.

내가 나를 찾아오는 게

두렵지 않게, 무섭지 않게

친절하고 따뜻하게 맞이해야겠다.

취향을 안다는 것,
알아간다는 것

하고 싶은 마음이 생기는 방향. 내가 가는 길이 옳다고 믿게 해주는 힘의 원천. 길게 설명할 필요 없이 그냥 딱 봤을 때 좋은 것. 우리는 그걸 취향이라고 한다. 취향에는 좋고 나쁜 것이 없다. 무엇이든 정답이 될 수 있다. 누가 뭐라 해도 내가 좋으면 그만이다. 나만의 개성을 찾아가는 것도, 좋아하는 사람을 닮아가는 것도, 취향이 없는 것도 취향이 될 수 있다.

나는 취향이 생기면 핸드폰을 켜서 메모하는 습관이 있다. 거창하게는 아니고 길어봤자 세 줄, 짧으면 단어 하나만 쓸 때도 있다. 감정은 한순간 만연히 피는 벚꽃 같아서, 살포시 내리는 봄비에도 흔적도 없이 사라지기에. 느끼진 못하더라도, 기억하기 위해서 기록한다. 나의 취향은 평범하면서도 특별하다. 흔한 것 같지만, 찾기는 어렵다. 어디에나 있고 누구나 좋아할 만한 것보다, 나를 투영해서 설명할 수 있을 만한 것들을 좋아한다.

잔잔하지만, 깊은 여운을 남기는 영화가 좋다. 편지 같은 가사로 말하는 듯 부르는 노래를 좋아한다. 짭짤한 맛보다 달콤한 맛을, 인위적인 향기보다 자연스러운 향기를 좋아한다. 새로운 곳보다 익숙한 곳이, 북적거리는 낮보다 고요한 새벽이 더 좋다. 취향은 마음의 결을 만든다. 결은 무늬일 수도, 성질일 수도, 향기일 수도 있다. 결이 맞닿아 이어지는 사람들은 삶을 대하는 태도나 가치관이 비슷하기에 다름을 인정하는 게 어렵지 않다. 이해하려고 노력하지 않아도 이해가 된다.

내가 어떤 취향을 가졌는지 아는 것도 중요하지만, 알아가는 것도 중요하다. 사람도 변하고, 세상도 변하고, 모든 건 끊임없이 변한다. 그리고 나도 변한다. 아무리 한결같은 사람이라고 해도 조금씩은 변해가기 마련이다. 어릴 때 편식했던 음식을 어른이 되면 찾아 먹게 되는 것처럼, 좋아하던 가수의 노래를 더 이상 듣지 않게 되는 것처럼, 매일 입던 옷을 장롱 구석에 박아두는 것처럼 말이다.

나는 띄엄띄엄 간격이 있는 점선 위로, 좋아하는 색깔의 색연필을 들고 천천히 따라 그린다. 그리고 두 점 사이 빈틈을 이어 나갈 차례가 오면 나에게 묻는다. 지금 하는 선택이 내가 진심으로 원하는 게 맞는지, 하고 싶은 게 맞는지, 후회하지 않을 자신 있는지 말이다. 빈틈을 지나갈 때 시간을 충분히 두고 촘촘히 채워나가는 사람일수록 취향이 뚜렷해지기 마련이니까. 취향은 나를 더 나답게 만드니까.

빈틈을 지나갈 때 시간을 충분히 두고,

촘촘히 채워나가는 사람일수록

취향이 뚜렷해지기 마련이니까.

오늘의 하늘을 사랑해

상쾌한 설렘을 부둥켜안고 하늘을 만나러 간다. 고개를 들고 숨을 크게 들이마시며 하늘을 올려다본다. 아침이고, 낮이고, 밤이고, 새벽이고 한결같은 마음으로 애정을 가득 담아 순간의 하늘을 눈동자에 담는다. 하루가 어떻게 지나가는지도 모를 정도로 바빠 여유가 없는 날에도, 걱정과 근심을 떨쳐내기 힘든 날에도, 의욕이 없어 모든 게 지치는 날에도 빠짐없이 하늘을 만나러 간다.

편안한 옷차림, 화장기 없는 얼굴, 푹신한 슬리퍼를 신고 밖을 나선다. 콧노래를 흥얼거리며 바람의 리듬에 생각의 걸음을 맞춘다. 여백 없던 마음에 한

칸의 여유가 생긴다. 밀어낸 적도 없는데 밀려나 있다. 지운 적도 없는데 지워져 있다. 달팽이처럼 기어가는 느긋한 구름을 보고 있으니 대견한 마음이 든다. 쉼 없이 앞으로 나아가는 게, 지치지도 않는 게 꼭 내 모습 같아서.

구름과 구름 사이 어딘가에 초점을 맞추고 시선을 멈춘다. 태양이 기지개를 켜면 푸른색, 구름이 빼곡히 수 놓이면 회색, 노을이 스며들면 붉은색, 달이 이불을 덮으면 남색. 시간의 빛깔을 머금고 피어오르는 하늘의 색깔은 참으로 신비롭다. 보지 못한 날들과 보게 될 날들의 색깔까지 더해서 무지개를 그려본다면, 아마 지구 한 바퀴는 가뿐하게 돌고도 남지 않을까 싶다.

시간이 머무는 순간의 하늘은 단 한 번만 볼 수 있다. 한 발짝만 더 나아가도, 1분 1초만 더 흘러도 그새 다른 모습으로 고요히 나타나 나를 깜짝 놀라게 한다. 신기하다. 지금껏 보지 못했던 모습을 보여주는데도 낯설지가 않다. 일말의 거리낌이 없다. 익숙하면서 새롭고, 편안하면서 설렌다. 고개를 숙인 내 일상에 활기를 불어넣고 홀연히 사라진다. 후회도 미련도 없이 담담하게 흘러간다. 빠르고도 느리게 익어간다.

하늘은 언제 보아도 예쁘고 사랑스럽다. 사진 찍는 걸 그리 좋아하지 않는 나지만, 도저히 눈에만 담기에 아까워 주머니 속에 있는 핸드폰을 꺼내 든다. 팔꿈치를 쭉 펴고 손을 저 위로 뻗은 다음 "찰칵" 카메라 셔터를 누른다. 어떤 각도로, 어떻게 찍어도 황홀하고 아름답다. 이 광경을 매일 관람료도 내지 않고 공짜로 볼 수 있다니. 휴일도 없이 제자리를 지키는 꿋꿋한 마음이, 대가 없는 베풂이 그저 고마울 따름이다.

우리의 만남에는 약속이 없다. 아니, 약속할 필요가 없다. 피곤한 날엔 안 보면 그만이지만, 내가 보고 싶을 때는 언제든 볼 수 있다. 이렇게나 내 마음대로 구는데 서운해 하지도 않는다. 나를 찾아오지는 않지만, 기다리지는 않지만, 그렇다고 떠나지도 않는다. 서로에게 바라는 것이 없으니 기대하는 것도 없다. 기대가 없으니, 실망도 없다. 우리 사이엔 아무것도 없지만, 없는 것 빼고 다 있다. 그래서 부담이 없다. 어쩌면 이 은근한 마음도 사랑일지 모르겠다. 나는 하늘을 사랑하고 있는지도 모른다.

휴일도 없이 제자리를 지키는 꿋꿋한 마음이,

대가 없는 베풂이 그저 고마울 따름이다.

싫으면 거절해도 돼

하와이에 가면 '알로하'만 알아도 웬만한 소통은 다 가능하다고 한다. 나에게도 그런 마법의 문장이 있다. 발음 나는 대로 쓰면 알로하와 글자 수도 똑같은 그 말. 나의 모든 감정을 대체할 수 있는 가장 적절한 말. 특히 거절을 잘 못하는 사람이라면 무조건 공감할 만한 그 말. "괜찮아." 아마 빈도수로 따져보면 살면서 가장 많이 한 말이지 않을까 싶다. 괜찮아도 안 괜찮아도 일단 괜찮다고 하고 보는 나. 이런 나, 정상일까.

웬만하면 긍정이나 동의의 표현으로 괜찮다는 표현을 쓰진 않는다. 좋은 건 좋다고 말하거나 실제보다 훨씬 과장해서 말하는 편이다. 내가 괜찮다고 말할 때는 괜찮지 않은 경우가 더 많다. 편하든 불편하든 단호하게 거절하기가 왜 이리 어려운지 모르겠다. 거절한다고 아무도 뭐라고 하지 않는데. 나에게 부탁을 들어줄 의무가 있는 것도 아닌데.

괜찮지 않을 때 괜찮다고 말하면 사람들은 두 가지 반응을 보인다. 의심하거나, 속아주거나. 의심하는 사람들은 내 입에서 "괜찮아."를 제외한 다른 말이 나올 때까지 집요하게 캐묻는다. 그러나 그들이 나의 속마음을 들을 수 있는 확률은 지극히 희박하다. 건드리면 쏙 들어가는 달팽이처럼 파고들수록 숨는 게 나니까. 나는 대체 언제부터, 또 어쩌다가 출력값이 하나밖에 없는 '괜찮아 로봇'이 된 걸까. 왜 나는 괜찮지 않아도 괜찮다고 하는 걸까.

하나를 바라면 둘을 바라고, 또 다음을 요구하는 사람들. 이기심으로 똘똘 뭉친 사람들의 부탁도 거절하기 힘들었다. 거절하고 나면 돌덩이라도 얹은

듯 마음이 무거워졌다. 거절 못해서 이중으로 약속이 잡혀본 적 있는가. 거절 못해서 점심을 두 번 먹어본 적 있는가. 거절만 못 할까. 부탁은 더 못한다. 부탁 한 번이면 5분 안에 해결될 일을 몇 시간을 혼자 끙끙대기도 했다.

나는 왜 거절이 힘들까. 내 주변엔 눈치 보라고 눈치 주는 사람도 없는데. 곰곰이 생각해 보면 내 마음의 문제였다. 거절하면 상대방의 기분이 나쁠까 봐, 나를 안 좋게 생각할까 봐. 상대방의 감정을 혼자 추측하며 느끼지 않아도 될 감정까지 사서 느꼈다. 정작 상대방은 아무렇지 않을지도 모르는데. 솔직하게 말해주길 바랄지도 모르는데. 내 거절로 인해 상대방이 서운해할 거라는 생각 자체가 건방진 생각인데.

거절에 너무 큰 의미를 두지 말자. 거절도 하나의 의견일 뿐이다. 내 의견을 마음대로 말도 못 하고 살면 이 험난한 세상을 어떻게 헤쳐 나가리. 거절이라고 어렵게 생각할 필요 없다. "같이 밥 먹을래?"라는 제안에 "아니."라고 단호하게 말할 필요도 없다. "나도 그러고 싶은데 밥은 혼자 먹는 게 편해. 다음에 같이 커피 마시자. 내가 살게."라고 얼마든지 정중하고 예의 바르게 거절할 수 있다.

젠틀하게 거절하는 방법을 연습하자. 그럼에도 상대방이 기분 나빠한다면 그건 그쪽 문제지, 내 문제가 아니다. 나와의 관계를 진심으로 존중해 주고 생각하는 사람이라면 내가 솔직해지길 바랄 것이다. 자신의 부탁을 들어주는 것보다 내가 어떤 사람인지 알아가는 것을 더 중요하게 생각할 것이다. 서로 신뢰를 쌓으려면 정도에 알맞게 어깨를 내어줄 줄도, 기댈 줄도 알아야 한다. 느슨하게 끊어지지 않는 줄을 잡고 적당한 힘으로 밀고 당길 줄 아는 사람이 되자.

나는 왜 거절이 힘들까.

눈치 주는 사람도 없는데.

한 방울의 웃음

웃음에도 최소한의 노력이 필요하다. 웃음이 제 발로 나를 찾아오길 기다릴 수만은 없는 일이다. 배고프면 밥을 먹고, 피곤하면 잠을 자고, 아프면 병원에 가는 것처럼 의도적으로 몸을 움직여야 한다. 웃으면 복이 온다는 말은 과학적으로 증명된 진리이다. 우리의 뇌는 가짜 웃음과 진짜 웃음을 구분하지 못해서 억지로 웃어도 행복 호르몬을 만들어 낸다고 한다. 물론 가짜 웃음이 진정으로 나의 삶을 행복하게 만들어 주진 않겠지만, 혹시 알까. 그렇게라도 계속 웃다 보면 진짜로 삶이 행복해질지, 한 방울의 웃음이 고이고 고여 행복의 웅덩이를 만들지.

웃음은 전염성이 강하다. 웃음이 많은 사람을 주변에 두면 덩달아 웃음이 많아진다. 생글생글 웃는 미소 끝에서 은은하게 퍼진 긍정의 파장이 주변을 향긋하게 물들인다. 여기저기 웃음꽃을 피우게 한다. 향기를 맡은 호랑나비 한 마리가 선선한 바람을 타고 내게 날아 온다. 작고 가느다란 날갯짓에 웃음이 밴 꽃가루가 코안으로 들어온다. 재채기처럼 터져 나오는 웃음에 행복의 물결이 일렁인다. 웃음이 행복을 만들고, 행복이 웃음을 만든다.

잘 웃는 사람이 좋다. 나를 웃게 해주는 사람도 좋다. 내가 웃게 만들 수 있는 사람이면 더 좋다. 같은 것을 보고 동시에 웃을 수 있다면 금상첨화다. 웃음 코드가 잘 맞는 사람과 함께 있으면 엔도르핀이 마구 솟아난다. 롤러코스터를 처음 타는 아이처럼 마음이 들뜬다. 울적하던 기분도 달콤한 솜사탕처럼 사르르 녹는다. 봄바람이 살짝 열고 간 창 틈새로 놀러 온 한 줄기 햇살이 여린 마음을 온기로 쓰다듬는다. 무채색의 감정에 색을 입혀준다. 빨주노

초파남보 무지개의 빛으로. 알록달록하게.

하지만 시작과 끝에 도돌이표가 존재하는 단조로운 일상에서 웃을 일을 찾아내기란 쉽지 않다. 피곤함에 지쳐 웃음 대신 하품만 나오는 게 현실이다. 웃음기가 바싹 마른 건조한 표정으로 하루를 근근이 견딘다. 하하 호호 웃음소리를 내며 지나가는 사람들을 보고 있으면 "뭐가 저렇게 행복할까. 내 삶은 이렇게나 고달픈데." 하며 한숨만 푹푹 내쉰다. 웃을 일이 없으니, 무표정이 익숙해진다. 무표정이 아닌 어떤 표정도 어색하기만 하다. 꼭 웃는 법을 까먹은 사람이라도 되어버린 것 같다.

입꼬리를 위로 끌어 올리고, 광대 위에 손가락을 갖다 댄다. 굳어있던 근육을 원을 그리며 살살 풀어준다. 주변에 사람이 없으면 배에 힘을 주고 소리 내어 웃어도 본다. 귀여운 동물 사진을 핸드폰 배경화면으로 설정해 놓는다거나, SNS에 돌아다니는 재밌는 영상을 일부러 찾아보기도 한다. 친한 친구에게 연락해서 괜히 시답잖은 농담도 던져보고, 엄마에게 전화를 걸어서 보고 싶다며 애교도 부려본다. 웃기 위해 웃을 일을 만들어 본다. 웃을 일이 생기니 웃음이 나온다.

웃음은 마음의 밭에 긍정의 씨앗을 뿌린다. 반달모양의 둥근 씨앗은 웃음을 양분으로 삼아 새싹을 틔운다. 봄에는 꽃을 피우고, 여름에는 햇빛을 머금는다. 가을에는 열매를 맺고, 겨울에는 봄을 품고 기다린다. 사계절을 지나 한층 더 무르익은 마음은 땅속에서 뿌리를 내린다. 부드럽고 단단하게. 세상과 눈을 맞추며 반갑게 인사할 준비를 시작한다. 모든 것에 감사할 줄 알고, 모든 것을 사랑할 수 있는 사람이 되기 위한 준비를 마친다.

한 방울의 웃음이 고이고 고여

행복의 웅덩이를 만든다.

의 연 하 게

우리 가족은 모두 자기 확신이 강한 편이다. 아빠는 자기가 옳다고 생각하는 건 어떤 일이 있어도 의견을 굽히지 않는 분이었고, 가족이라고 봐주는 것도 없었다. 엄마는 그런 아빠의 철두철미한 논리에 감정의 힘으로 맞서 싸웠다. 언니는 어릴 때부터 모든 걸 혼자 알아서 다 하는 전형적인 'K-장녀'였고, 오빠는 가족들이 반대하는 꿈을 이루기 위해 배낭 하나 달랑 메고 하루아침에 말도 없이 집을 나가 원하던 꿈을 이루고 돌아왔다.

나의 역할은 자기 확신이 강한 가족들의 싸움을 말리는 중재자였기에, 모두의 입장에 서서 세상과 관계를 바라보아야 했다. 나를 드러내면 안 됐다. 어느 한쪽에 휩쓸리는 건 더더욱. 내 의견을 속에 담아두는 게 습관이 되다 보니, 원치 않은 선택을 해야 할 때가 많았다. 피아노 학원을 그만두고 싶다고 부모님에게 말을 못 해서 10년이라는 시간 동안 치기 싫은 피아노를 꾸역꾸역 배웠다. 그림을 그리는 게 좋아서 미술 학원에 다니고 싶었지만, 성적을 잘 받기 위해 수학 학원에 다녀야 했다. 대학에 진학하고 싶지 않았지만, 대학에 가야만 했다. 대학교를 자퇴하고 싶었지만, 4년 내내 휴학 한 번 하지 않고 부지런히 다녀야 했다.

가족들의 반대를 무릅쓸 용기가 없었다. 나는 갈등을 일으키면 안 되는 존재였으니까. 나의 선택을 가볍게 여긴 대가로 이십 대 초반부터 중반까지는 방황만 했다. 학업도, 인간관계도, 사랑도 뭐 하나 내 마음대로 되는 게 없었다. 이럴 줄 몰랐던 건 아니지만, 이 정도일 줄은 몰랐다. 모두를 이해할 수 있었던 덤덤한 마음처럼, 어떤 길을 가도 괜찮을 것 같았다. 이렇게 주저앉을 거라곤 예상하지 못했다.

원하는 것이 무엇인지 모르니 원치 않는 것에 대한 무게까지 짊어질 수밖에. 한 발로 몸을 지탱하는 것도 버거워 죽겠는데 모래주머니까지 차고 높은 산을 오르려 하니 발목이 남아나질 않았다. 이제 정말로 불필요한 짐들은 덜어내야만 했다. 내가 아닌 것들을 내려놓고 나를 위한 것들만 남겨둬야 했다. 내가 감당할 수 있을 만큼의 것들만.

나로 살아간다는 건 어느 정도 나를 포기하겠다는 뜻이기도 하다. 잘하는 일이 아닌 좋아하는 일을 직업으로 택한다거나. 끌리는 연애가 아닌 편안한 연애를 택한다거나. 원하는 것을 위해 덜 원하는 것을 포기하거나, 더 원하는 것을 포기해야 한다. 나로 살아가려면 단호한 용기가 필요하다. 솔직해질 용기, 결점을 드러낼 용기, 욕심을 내려놓을 용기. 용기를 내서 나를 직면했을 때의 약한 모습까지도 사랑할 용기. 나를 위한 삶의 무게는 가볍지 않기에. 그래도 그 무게는 견딜만한 가치가 있기에.

인생은 선택의 연속이다. 끊임없이 나타나는 선택의 갈림길에서 자기 확신을 가지고 소신 있게 걸어가려면 생각만 바꾼다고 해서 되는 게 아니다. 행동해야 한다. 수없이 흔들리고, 무너지고, 좌절해 봐야 한다. 의연함은 실패를 경험하고 받아들이는 과정에서 만들어진다. 사실 실패라는 건 없다. 모든 건 경험일 뿐이다. 실패를 실패라고 낙인찍는 건 나자신이다. 넘어지면 뭐 어떤가. 다시 일어서면 될 일인데. 막다른 길에 다다르면 또 어떻고. 다시 돌아가면 될 일인데.

넘어지면 뭐 어때.

다시 일어서면 될 일인데.

너에게도 나에게도 너그럽게

너그러워 보이는 사람 중에는 두 가지 부류의 사람이 있다. 선이 흐릿한 사람과 뚜렷한 사람. 선을 그을 필요가 없는 세상을 원하는 사람과, 제발 이 선만큼은 넘어오지 않길 바라는 사람. 두 사람은 사뭇 다른 방식으로 평화를 추구해 간다. 한 사람은 선을 지워가며 이해를 베푼다. 누구나 실수할 수 있다고, 실수는 나쁜 게 아니라고. 실수해도 괜찮다고 말한다. 그 옆에 있는 사람은 자신이 그어놓은 선 밖에서는 한없이 너그럽지만, 그 선을 넘어온다면 가차 없다. 대신 자신도 절대 남의 선을 넘지 않는다.

그 두 사람 사이에 비좁게 끼인 나의 선은 뒤죽박죽이었다. 잉크가 얼마 남지 않은 볼펜으로 그은 선처럼 부드러우면서도 뻑뻑했다. 곧게 이어지다가도 중간중간 끊겨 있었다. 타인의 선은 넘어가지 않으려 안간힘을 썼지만, 타인이 선을 넘어오려 하면 괜찮다며 너그럽게 지우개를 꺼내 들었다. 남에게는 관대했지만, 나에게는 야박했다. 타인의 핑계는 어쩔 수 없는 사정이었고, 나의 사정은 말도 안 되는 핑계에 불과했다.

내가 뭐 그렇게 대단한 사람이라고. 나에게만 냉정한 평가의 잣대를 들이밀었다. 조그만 실수도 "삐" 용납 불가였다. 손이 미끄러져 물이라도 바닥에 엎지르는 날에는 바보 같은 내가 얼마나 미워지던지. 이미 흘린 물을 주워 담을 수는 없었지만, 그렇다고 닦아내지도 않았다. 그냥 쏟아진 채로 두었다. 그 자리에 그대로. 얼룩덜룩한 물 자국이 남든 말든. 만회할 기회 따윈 주지 않았다.

감당하지도 못할 일을 내 손으로 잔뜩 벌려놓고, 제대로 하는 게 하나도 없다며 나를 다그치기만 했다. 나와의 싸움에서 질 생각이 전혀 없었다. 어차피 나와의 싸움에서 이기면, 진 것도 나인데. 승리의 축배인 줄 알았던 술에서 패배의 쓴맛이 난다면, 싸우는 게 무슨 의미가 있는 걸까. 나는 왜 의미도 없는 싸움에 내 모든 걸 다 바치려 했던 걸까. 무엇이 그렇게 욕심이 났길래, 무엇을 그렇게 놓치기 싫었길래. 나에게 정말 필요했던 건 대단한 성공이나 성취가 아니었는데 말이다.

너그러운 사람들은 자신에게도 너그럽다. 나도 실수할 수 있고, 너도 실수할 수 있다고 생각한다. 모두가 불완전한 인간이니까. "괜찮아. 실수할 수 있어." 하며 스스로를 다독일 줄 안다. 초라해진 나를 구석에 숨겨두고 도망치지 않는다. 주눅 들어있던 눈동자에 눈을 맞추고, 축 처진 어깨를 세워주며 위로해 준다. 날이 선 감정이 둥그레질 때까지 말없이 기다려 주며, 다시 일어서면 될 일이라고 손을 내

밀어 준다.

나는 나에게 너그러워지기로 했다. 한 번으로 안 되면 두 번, 두 번으로 안 되면 세 번. 그래도 안 되면 포기해도 괜찮다고. 꼭 잘해낼 필요 없다고. 사람들에게 아무렇지도 않게 건네던 따뜻한 위로의 말을 나에게도 조심스럽게 건네기 시작했다. "마음껏 넘어져도 돼. 다시 일어서면 되니까. 너에겐 그럴 힘이 있다는 것을 기억해." 인생이란 수없이 지워진 흔적이 남은 종이 위에, 나만의 색으로 여백을 채워나가는 과정이니까.

인생은 수없이 지워진 흔적이 남은 종이 위에

나만의 색으로 여백을 채워나가는 과정이니까.

행복, 별거 아니에요

세상은 어찌 됐든 잘 살면 그만이라고 말한다. 여유는 돈에서 나오고 성공하면 그만큼 누릴 수 있는 게 많으니, 성공부터 하고 보라고. 자기계발서나 성공한 사람들의 강의를 봐도 행복의 본질에 대한 설명은 없고 일단 성공하면 행복해질 거라고 말한다. 정말로 성공하면 행복해질까. 성공한 사람은 행복한 사람이고, 실패한 사람은 불행한 사람일까. 성공과 행복은 비례할까. 정말로 그럴까.

나는 인생에 욕심도 없고 미련도 없다. 살아오면서 목표랄 게 있었나. 있어봤자 목표를 가지지 않는 게 목표이지 않았을까 싶다. 행복의 기준이 높은 편이 아니라 별일 없으면 행복하고 여기서 더 행복해지고 싶지도 않다. 태어난 김에 사는 것 치고는 열심히 사는 편이지만, 이루고 싶은 것도 없다. 그냥 지금이 좋다. 그때그때 먹고 싶은 거 먹고, 좋아하는 거 좋아하고, 하고 싶은 거 하고. 주어진 것에 감사할 줄 알며 최선을 다해 하루하루 열심히 살아가는 내가 좋다.

누군가가 나에게 "어떤 사람이 되고 싶어?"라고 물어보면 "파랑새 같은 사람"이라고 대답하곤 한다. '파랑새'는 행복을 상징하는 새로, 행복은 멀지 않은 곳에 있다는 의미를 지닌 새이다. '파랑새'가 의미하는 행복의 정의는 모리스 마테를링크의 《파랑새》라는 동화를 읽어 보면 더 쉽게 이해할 수 있다. 주인공으로 등장하는 틸틸과 미틸 남매는 행복을 가져다준다는 파랑새를 찾아 여행을 떠나게 되지만, 결국 파랑새를 발견하지 못하고 집으로 돌아오게 된다. 그러나 알고 보니 자신들이 집에서 기르던 회색 비둘기가 파랑새였음을 깨닫게 되는 줄거리로 행복은 늘 가까운 곳에 있다는 메시지를 던진다.

어쩌면 우리는 왜 잘 살아야 하는지 이유도 모른
채 파랑새를 찾아 평생 헤맬지도 모른다. 파랑새를
가지면 행복해질 수 있다고 무작정 믿으면서 말이
다. 그러나 파랑새는 잡을 수도, 가질 수도 없다. 행
복 그 자체는 좇을 수 없는 허상에 불과하다. 낚아
채려 할수록 손 틈새로 빠져나가는 게 행복이다. 늘
곁에 머물러 있어 소중함을 모를 뿐, 행복은 공기와
도 같다. 어디에 있든 무엇을 하든 나를 살아 숨 쉬
게 해준다. 무심코 지나친 사소한 순간에도 행복은
존재한다. 지금, 이 순간에도 말이다.

파랑새는 잡을 수도, 가질 수도 없다.

페르소나

나는 누구일까. 진정한 나의 모습은 무엇일까. 내 존재는 어디서 왔고, 어디로 가는 걸까. 나를 설명하라고 하면 어디서부터 어떻게 설명해야 할지 몰랐다. 이럴 땐 이런 사람 같고, 저럴 땐 저런 사람 같으니. 나보다 나를 잘 아는 사람은 없다지만, 나는 누구보다 나를 아는 게 가장 어려운 숙제였다. 사람들은 나를 보며 까도 까도 끝이 없는 양파 같다고 했다. 어제는 가까워졌다고 생각했는데, 오늘은 멀어져 있고. 알 것 같은데, 모르겠다고 했다. 동감한다. 나를 잘 모르는 건 나도 마찬가지였으니까.

학창 시절에는 새 학기 첫날이 가장 싫었다. 칠판

앞에 나가는 것도 창피해 죽겠는데 자기소개까지 해야 하니. 내 이름 석 자 말고는 나를 소개할 말이 하나도 떠오르지 않았다. 그렇다고 처음 보는 친구들 앞에서 "글쎄요. 저도 저를 잘 모르겠네요."라고 말할 수도 없고. 이력서를 쓸 때는 "성실하고, 시간을 잘 엄수하고, 책임감이 강하고, 하고자 하는 일에 열정이 넘칩니다."라는 뻔한 말들을 뻔하게 써 내려갔다. 나를 설명해야 하는 네모 칸 속에 진실된 문장이 과연 몇 줄이나 됐으려나 모르겠다.

말이 많은 사람과 있으면 조용해졌고, 조용한 사람과 있으면 말이 많아졌다. 이성적인 사람과 있으면 이성적으로, 감성적인 사람과 있으면 감성적으로. 계획적인 사람과 있으면 나의 계획을 미뤄두고 그 사람의 계획을 따라갔고, 즉흥적인 사람과 있으면 그 사람의 성향에 맞게 대신 계획을 짜주기도 했다. 나는 타인과 함께 있을 때 나를 잠깐 지워버렸다. 내 안의 목소리는 음소거시켜놓고 상대방의 목소리에 주파수를 맞췄다. 일대일 맞춤형인 페르소나의 개수는 셀 수 없을 만큼 많았다.

이런 나를 남들은 어떻게 볼까. 남들이 보기에 나는 어떤 사람일까. 누군가는 나를 보며 속을 알 수 없는 어려운 사람이라고 했고, 또 누군가는 나를 보며 속이 다 보이는 투명한 사람이라고 했다. 나를 처음 보는 사람은 내가 차가워 보인다고 했지만, 나를 오래 본 사람들은 내가 따뜻한 사람이라고 했다. 나와 친한 친구는 내가 뭘 해도 걱정이 안 된다며 알아서 잘하는 사람이라고 했지만, 나와 덜 친한 친구는 내가 뭘 해도 불안하다며, 허점이 많은 사람이라고 했다.

내 속엔 내가 너무도 많았다. 어떤 사람과 있느냐에 따라 제각각의 모습을 가진 나에게 진정한 나라는 건 환영과도 같았다. 인간관계가 늘어날수록 페르소나도 늘어갔고, 이제는 어떤 모습으로도 변할 수 있을 것 같았다. 나로 상대방을 대하는 것보다, 페르소나로 상대방을 대하는 게 더 자연스럽고 편했다. 페르소나를 쓰고 있다는 사실조차 인지하지 못할 정도로 말이다. 누군가에게는 이런 모습들이 주관 없어 보인다고 생각할지도 모르지만, 그게 내 주관이었다. 사람과 상황에 따라 다양한 모습을 보여줄 수 있는 게, 뭐든 될 수 있는 게 나였다.

나는 페르소나로 세상을 바라보면서 페르소나 안에서 나를 발견했고, 내 안에서 페르소나를 발견했다. 보여주고 싶지 않은 내 모습을 감추기 위한 가면이라고만 생각했는데, 언제부턴가 페르소나도 내 모습의 일부일 수 있겠다는 생각이 들기 시작했다. 진정한 나는 하나의 모습으로 고정된 게 아니니까. 어떤 날은 흐리고, 어떤 날은 맑아도 찰나의 모든 순간이 모여 오늘을 만드는 거니까. 내가 가지고 있는, 가질 수 있는 모든 모습이 모여 나를 만드는 거니까. 그러니 모든 나를 있는 그대로 받아들이기로 했다.

페르소나 안에서 나를 발견했고,

내 안에서 페르소나를 발견했다.

나를 마주할 용기

내가 6살쯤 됐을 때였나. 유치원에서 다 같이 해수욕장으로 놀러 간 적이 있었다. 선생님은 바다에서 놀다 보면 옷이 젖을 수도 있으니 갈아입을 여분의 옷을 꼭 챙겨오라고 하셨다. 그러나 나는 이 사실을 부모님에게 전하지 않았다. 깜빡한 것도 아니었는데 입이 떨어지질 않았다. 결국 친구들 중에 옷을 챙겨오지 않은 사람은 나밖에 없었고, 바닷물에 흠뻑 젖은 옷을 입고 벌벌 떨며 집까지 돌아왔던 기억이 아직도 생생하다. 대체 왜 그랬을까. 나도 이유를 잘 모르겠다. 옷 좀 챙겨달라고 말하는 게 뭐가 그렇게 어려웠는지.

그러다 작년에 우연히 '선택적 함구증'이라는 단어를 TV 프로그램에서 처음 접하게 됐다. 선택적 함구증은 특정 상황에서 말하지 않는 사회불안 장애였다. 화면 속에 나오는 어린아이의 모습은 내 어린 시절의 모습과 데칼코마니처럼 닮아있었다. 생각해보니 어릴 때 낯선 사람들과 말한 기억이 거의 없다. 도움을 요청해야 하는 상황이나 부정적인 감정을 표출해야 할 때면 입을 꾹 다물었다. 한창 투정 부릴 나이에도 갖고 싶은 장난감 하나 사달라고 조르는 일이 없었고 학창 시절에는 사춘기도 없었다. 억울하고 힘든 일이 생겨도 혼자 참았다.

그저 낯가림이 심해서, 소심해서 그런 줄만 알았는데. 나도 선택적 함구증이었을까. 아파도 아프다고, 속상해도 속상하다고 말을 못하던 게 선택점 함구증의 증상이었던걸까. 당연히 가족들도 알 턱이 없었다. 내가 아무런 표현을 하지 않았으니 말이다. 내 감정을 돌보는 방법을 전혀 몰랐던 나는 언제 분화할지 모르는 활화산 같은 상태로 하루를 위태롭게 버티고 있었다. "어제도 힘들었고 오늘도 이렇게 힘들었는데 내일은 얼마나 더 힘들까." 아침에 눈을 뜨는 게 싫었다. 내일이 전혀 기대가 되지 않는 오늘을 살았다.

미디어에서 나오는 우울감에서 벗어나는 방법들은 침대에서 일어날 힘조차 없는 나에게는 너무 버거웠다. 힘내라는 말이 나를 더 힘 빠지게 했고, 잘될 거라는 말이 나를 더 작아지게 했다. 아무나 나를 일으켜 세워줬으면 좋겠는데. 세상에서 멀어져가는 나를 붙잡아줬으면 좋겠는데. 혼자서는 도저히 바닥에 손을 짚고 일어설 힘이 없었다. 휘청거리는 마음이 자꾸만 중심을 잃고 미끄러졌다. 경사 하나 없는데도 힘이 부쳤다. 이대로 가면 다리가 풀려 넘어질 게 분명했지만, 축 처진 걸음을 멈출 수가 없었다.

나는 그냥 내가 남들과 조금 다르다고 생각했는데, 사람들은 나더러 틀렸다고 단정지었다. 내가 누군가에게 피해를 준 것도 아닌데, 나를 문제있는 사람처럼 취급했다. 나를 인정해주지 않는 세상이 때로는 원망스럽기도 했지만, 내가 뭐가 문제냐고 당당히 맞서고 싶었지만, 나에게 그 정도의 깜냥은 없었다. 타인에게 베푼 관용 뒤에는 '나는 너를 미워하지 않을 거야. 그러니까 너도 나를 미워하지 마.'라는 무언의 메시지가 담겨있었다. 아마 스스로 사랑받지 못하는 마음 때문이었겠지. 나를 미워하는 사람은 나 하나로도 벅찼으니까.

남을 사랑하기 전에 먼저 나를 사랑해야 한다고 한다. 나부터 사랑해야 남도 사랑할 수 있다고 한다. 나를 사랑하는 게 뭘까. 나는 나를 진정으로 사랑한 적이 있긴 한가. 나를 사랑하려면 나를 느낄 수 있어야 하는데 그럴 줄을 몰랐다. 좋아하는 것이 무엇인지 알아야 하는데 좋아 보이는 것에만 집중했다. 나를 사랑하는 방법이 아니라 남들에게 사랑받는 방법만 알려고 노력했다. 나도 나를 사랑하고 싶었지만, 나를 어떻게 사랑해야 하는지 방법을 몰랐다. 사랑도 해본 사람이 할 줄 안다는데 나는 해본 적이 없으니 말이다.

천천히, 고요히 시간의 흐름을 느끼며 내 마음의 속 삭임에 귀를 기울였다. 내 안에 갇혀 지나온 시간을 돌아보며 나에게 조용히 말을 걸었다. 어두운 구석 에서 쪼그려 앉아있는 나를 일으켜 세웠다. 누구에 게도 털어놓지 못했던 이야기들을 나에게 털어놓기 시작했다. 뭐가 그렇게 널 힘들게 했는지, 무엇이 널 그렇게 아프게 했는지 물었다. 내가 나에게 솔직해 질 때까지 하염없이 기다리고 또 기다렸다.

나와 대화하는 과정은 생각보다 쉽지 않았지만, 하 루 이틀 반복하니 가려져 있던 내가 조금씩 보이 기 시작했다. 내 목소리가 들리기 시작했다. 구멍 난 마음이 메워지기 시작했다. 행복에 대해 처음으 로 진지하게 나에게 질문을 던졌을 때 돌아온 답은 허무할 만큼 단순한 것들이었다. 내 마음을 다 알 고 나니까 조금 억울한 마음도 들었다. 이렇게 사소

한 것에도 행복을 느낄 수 있는 사람인 줄 진작 알
았더라면 그 오랜 시간을 혼자 외롭게 두지 않았을
텐데.

그래도 지나온 시간을 절대 후회하지는 않는다. 덕
분에 남들의 아픔에 진심으로 공감할 수 있는 사람
이 되었고 지금의 더 단단해진 내가 있을 수 있는
거니까. 돈 주고도 살 수 없는 나만의 값진 경험이니
까. 내가 다시 예전의 모습으로 돌아간다 해도 두렵
지 않다. 시간이 걸릴 수는 있어도 지금의 내 모습
으로 돌아오는 방법을 알게 됐기 때문이다. 인생은
언제나 과정의 연속이고 방법을 아는 사람과 모르
는 사람의 인생은 다를 수밖에 없다. 이제 나는 충
분히 행복해질 일만 남았다.

천천히, 고요히 시간의 흐름을 느끼며

내 마음의 속삭임에 귀를 기울였다.

세 상 에 서   가 장   특 별 한   데 이 트

오늘은 아주 중요한 약속이 있는 날이다. 세상에서 가장 특별한 사람과 특별한 데이트를 한다. 약속 상대는 아직 연락이 없지만, 전혀 조급함이 없다. 시간도 장소도 정하지 않았지만, 몇 시에 만날지 어디서 볼지 고민하지 않아도 된다. 나가기 귀찮으면, 나가지 않아도 된다. 날짜를 미루고 싶으면, 미뤄도 된다. 선택을 고민하지 않아도 되고, 누구의 눈치도 볼 필요가 없다. 하고 싶은 대로, 내 마음대로 하루를 계획한다. 왜냐고? 데이트의 주인공은 바로 나니까.

기다릴 사람도 없지만, 기다림을 즐기며 느긋한 준

비를 한다. 해가 중천에 떠오를 때까지 침대에서 실컷 빈둥거리다 겨우 몸을 일으켜 샤워한다. 젖은 머리에 수건을 두르고 창문을 열어 날씨를 확인한다. 핸드폰으로 좋아하는 노래를 틀고, 그 위에 콧노래를 얹는다. "언젠간 입을 일이 있겠지." 하며 충동적으로 사놓고 거들떠보지도 않았던 화려한 색깔의 옷을 과감하게 입어본다. 거울에 비친 내 모습을 보니 역시 괜히 샀다는 생각이 강하게 들었지만, 도전한 것에 의의를 두기로 한다. 어울리지 않아도 새로운 내 모습이 나름 만족스럽다.

게으른 준비를 다 끝내고 뒤늦게 뭘 해야 할지 고민해 본다. 시간 나면 읽으려고 지난달에 주문해 둔 책이 떠올라 책상 밑에 박아둔 택배 상자를 이제야 뜯어본다. 카페에 가서 책이나 읽을까 하다가 오늘은 날씨가 좋으니 산책하기로 마음을 바꾼다. 맨발로 슬리퍼를 끌고, 한 손에는 아이스 아메리카노 한 잔을 들고, 포근한 날씨에 어울리는 노래를 들으며 발길이 이끄는 대로 걸음을 옮긴다. 지그재그로 걸어보고, 총총걸음으로 힘껏 뛰어도 본다. 나만의 보폭에 맞춰 마음대로 걷는다.

자연 속에 자연스럽게 스며든 나는 자유롭다. 익숙했던 울타리를 벗어나 지금껏 몰랐던 나를 발견한다. 눈부신 하늘을 향해 날아가는 흰나비를 넋을 놓고 바라보고, 아장아장 걷는 귀여운 꼬마가 부는 비눗방울을 쫓아가 검지 손가락으로 톡 터트린다. 건널목 반대편에 수줍은 미소를 머금은 분홍빛 배롱나무꽃이 보이면, 갈 길을 잠깐 멈춰두고 그쪽으로 건너간다. 지나가는 여름과 다가오는 가을의 향기를 맡으며 흘러가는 나를 느낀다. 내 본연의 색으로, 향으로, 그대로 물들어 간다.

익숙했던 울타리를 벗어나

지금껏 몰랐던 나를 발견한다.

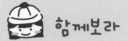

함께보라

당신의 이야기로 채워주세요

| 년 월 일 요일 | ☀ ☁ ☂ ⛄ |

오 늘 의 기 분 은

Part 2

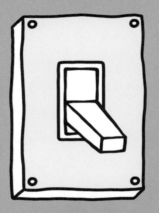

관계,

있으면 있는 대로 없으면 없는 대로

예민 사용법

예민한 기질을 가지고 태어난 사람은 감도 높은 센서가 몸에 탑재된 것 같다. 외부에서 오는 자극에 취약한 편이라 신경이 자주 곤두서고, 사소한 것에도 불편한 감정을 수시로 느낀다. 같은 환경에 있어도 다른 사람들보다 훨씬 빨리 지친다. 핸드폰 밝기를 최대로 하고 영상을 보면 배터리가 빨리 닳는 것과 같은 원리랄까. 잠깐만 밖에 있어도 몸이 천근만근 무거워지고 머리는 깨질 듯 지끈거린다. 모든 감각이 총동원해서 나를 괴롭히는 데 온 힘을 쏟는다.

"예민한 건 참 피곤한 일이야. 무감각해지고 싶어."

남들에겐 보이지 않고 들리지 않는 것들이 거대한 파도가 되어 나를 덮쳤다. 어딘가 털어놓고 싶어도 그럴 수가 없었다. 풀 수 없는 실타래처럼 꼬일 대로 꼬여버린 복잡한 감정을 설명할 자신이 없었다. "그게 뭐 그렇게 대수로운 일이라고. 아무 일도 일어나지 않을 테니 걱정하지 마."라는 소리를 들을 게 뻔했으니까. 세상에 내 편은 하나도 없는 것처럼 느껴졌다. 혼자 꿀꺽 삼키는 것 말고는 다른 방법이 없었다.

예민한 사람들이라면 공감할 거다. 무던한 것도 복이라는 것을. 나의 삶은 너무나도 피곤한데. 뭐 하나 마음먹는 것도, 시작하는 것도 어려운데. 무던한 이들의 표정은 나와 다르게 편안하고 여유로웠다. 타고날 때부터 예민했던 건지, 살아오면서 변한 건지는 나도 잘 모르겠다. 어쨌든 내가 예민하다는 것은 의심할 여지가 없는 분명한 사실이었다. 언젠가는 모든 것에 초연해질 때가 올 거라 믿었지만, 본성은 쉽게 변하지 않았다. 나이가 들어도 예민한 성격은 여전히 변함이 없었다.

나는 시각과 청각에 특히 예민했는데, 밝은 빛을 잘 보지 못했고 사람들의 눈을 똑바로 마주치는 것도 어려웠다. 시끄러운 소리가 들려오면 주의가 몹시 산만해졌다. 정도가 심한 날에는 두통과 어지럼증까지 생기기도 했다. 처음에는 원인을 모르니 내가 무엇 때문에 힘든 건지도 몰랐다. "인생은 고통의 연속이구나." 하며 나를 무방비한 상태로 방치했다. 나를 지키기 위해 뾰족한 가시를 잔뜩 세웠고, 의도치 않게 누군가에게 상처를 주기도 했다. 그런 내가 미웠다. 별것도 아닌 걸로 예민하게 구는 내가 너무 싫었다.

그래도 사람은 적응의 동물이라고. 가시를 아예 잘라내진 못했지만, 찔려도 아프지 않게, 부드럽게 다듬는 나만의 노하우를 모색하기 시작했다. 바로 감각을 적당히 차단해 주는 것. 비가 오면 우산을 쓰고 차가운 바람이 불면 겉옷을 입는 것처럼 말이다.

내 방 안에는 차가운 백색등 대신 따뜻한 조명등을 켜두었다. 시력이 좋지 않았지만, 일부러 안경을 끼지 않았다. 밖에 나갈 때는 귀마개를 필수로 챙겨 다녔다. 선명한 세상에서는 발을 딛고 서 있기도 힘들었지만, 흐릿한 세상에서는 주머니에 손을 넣고 걸어 다닐 수 있을 정도의 여유가 생겼다.

예민한 사람이 예민해지지 않을 수는 없다. 예민함은 검은 머리카락과 갈색 눈동자처럼 하나의 기질일 뿐이니까. 예민한 건 절대 나쁜 게 아니다. 섬세한 나를 지켜주는 신체활동일 뿐이다. 소중하게 다뤄야 할 나만의 능력이다. 생각해 보면 예민해서 할 수 없었던 것보다, 할 수 있었던 것들이 훨씬 많았다. 예민한 성격 덕분에 사람들의 감정을 빨리 눈치챌 수 있었다. 상처받은 이들의 마음에 깊게 공감할 수 있었다. 작은 것에도 쉽게 행복해질 수 있었다. 똑같이 반복되는 일상에서도 매번 새로운 것을 생각할 수 있었다.

내가 보는 세상은 풍요롭고 다채로웠다. 남들이 보지 못하는 세상을 발견할 수 있었기에 나만의 창의적이고 독창적인 경험을 만들어낼 수 있었다. 사소한 것에도 의미를 찾고 고민하는 건 아무나 할 수 있는 일이 아니니까. 예민한 사람만이 가질 수 있는 재능이니까. 그러니 자부심을 느끼자. 그리고 자신감을 가지자. 예민함이라는 기질 덕분에 세상이 조금 더 살만하다는 것에, 조금 더 따뜻하다는 것에 말이다. 예민한 사람에게는 세상을 바꿀 힘이 있다는 것을 기억하자.

예민한 건 절대 나쁜 게 아니다.

섬세한 나를 지켜주는 신체활동일 뿐이다.

365일 인맥 다이어트 중

인맥 다이어트라는 말을 들어본 적 있는가. 불필요한 인간관계는 정리하고 나에게 필요한 인간관계만 남겨두는 것. 일종의 미니멀리즘이랄까. 미니멀리즘을 인간관계에 적용하게 되는 날이 올 줄이야. 하긴, 요즘엔 서점만 가도 인간관계를 잘하는 방법을 알려주는 책보다 나에게 집중하는 힘을 기르는 방법을 알려주는 책들이 훨씬 많은 것 같다. 그래. 인간관계 지긋지긋할 만하지. 노력해도 내 마음대로 안 되는 게, 답이 없는 게 인간관계니까.

나는 1년 365일 인맥 다이어트를 실천 중이라 따로 마음먹을 필요가 없다. 학창 시절에 친하게 지내던 친구들은 재수를 하게 되면서 연락이 끊겨버렸고, 재수학원 친구들은 재수가 끝나는 동시에 연락처도 SNS도 다 차단해 버렸다. 대학교에서 알게 된 사람들도 다를 바 없다. 인간관계를 리셋하는 게 습관이었다. 연락처를 주기적으로 정리하는 건 기본이고, 적당한 틈을 타서 아예 번호를 바꿔버리기도 했다. 연락처에 저장된 사람이 가족까지 포함해도 30명 정도 되려나 모르겠다. 하도 편식했더니 이제는 다이어트할 인맥이 없다. 여기서 더 줄이면 인맥 실조다.

나의 인간관계는 아주 극단적이다. 친함의 기준이 극명하게 갈린다. 내 사람과 내 사람이 아닌 사람. 그게 끝이다. 지인이라고 부를 수 있을 만한 사이가 없다. "야, 이게 얼마 만이야. 오랜만이다. 언제 밥 한 번 먹자." 같은 인사치레를 흉내 낼 관계조차 없다. 그래도 공식적으로 안부를 나눌 명분이 주어지는 특별한 날에는 연락이 올 만하지 않냐고? 그럴 리가. 나에게 그런 명분이 있을 리가. 내 예상을 벗어

나는 연락이라곤 단 한 통도 없었다. 생일에도 새해에도 내 핸드폰은 조용하다. 글쎄, 기대하는 마음이 있어야 실망이라도 할 텐데. 그런 게 없으니, 기분이 안 좋을 것도 없었다. 뿌린 대로 거두는 게 인생인걸.

친하다고 말할 수 있는 사람이 가만 보자. 한 손으로 세고도 하나가 남는다. 누군가에겐 "대체 인간관계를 어떻게 했길래."라는 생각이 들게 할지도 모를 숫자지만, 나는 충분하다. 아니, 충분함을 넘어섰다. 평소에도 멀티를 잘하지 못하는 편인데, 인간관계를 할 때는 더 그랬다. 나의 인간관계를 한마디로 표현하자면 '선택과 집중'이었다. 넷보다 셋이 좋았고, 셋보다는 둘이 좋았다. 사람들과 두루두루 잘 지내는 것보다 마음 맞는 친구 한 명과 깊게 교류하는 게 나의 성향과 잘 맞았다. 외향인이 열 명의 사람에게 쏟을 에너지를 내향인은 한 명에게 전부 다 쏟는다. 물론 내향인이라고 해서 다 나처럼 극단적으로 인간관계를 하진 않을 것이다. 내가 봐도 나는 유난스러울 정도니까.

누군가와 친해지기 위한 일련의 과정을 떠올리기만
해도 피로감부터 몰려왔다. "저 사람이 좋은 사람
인 건 알겠어. 그런데 저 사람이 나와 같은 마음일
지 아닐지 어떻게 알아. 저 사람은 내가 별로일 수
도 있잖아. 나도 막상 친해져 보니 저 사람이 별로
일 수도 있는 거고. 이미 친해지고 난 다음에 그 사
실을 알게 된다면 그땐 어떻게 할 건데." 아, 상상만
으로도 스트레스였다. 나는 그냥 편안한 관계가 좋
은데. 친한 친구들도 오랜만에 보면 어색할 때가 있
는데. 하다못해 매일 보는 내 자신도 낯설게 느껴
질 때가 있는데. 새로운 사람은 말할 것도 없지 않
겠는가.

인간관계 기초대사량이 높은 사람들이 부럽다. 좋
은 사람을 만날 기회도 많고, 누군가에게 좋은 사
람이 되어줄 기회도 많으니까. 사람을 만나야 에너
지가 충전되는 사람들도 있다던데. 편한 사람과 있

어도, 불편한 사람과 있어도 혼자서 충전하는 시간이 꼭 필요한 나로서는 감히 상상조차 할 수 없는 삶이다. 인간관계가 조금만 늘어나도 배가 불러서 움직이질 못하니. 입맛이 까다로운 소식가라서 슬프다. 그런데 뭐 어쩌겠는가. 이렇게 태어난걸. 이게 나의 운명이라면 받아들이는 수밖에. 소식가의 운명도 나쁘지 않다. 좋게 생각하면 과식해서 탈이 날 일도 없고, 마음의 무게가 무거워질 일도 없으니 말이다.

누군가와 친해지기 위한 일련의 과정을

떠올리기만 해도 피로감부터 몰려왔다.

무례함에도 종료 버튼이 있었으면

습관적으로 선을 넘는 사람들이 있다. 악의 없이도 무례한 그들은 잘못해도 절대 먼저 사과하는 법이 없다. 아무런 죄책감 없이 타인의 선을 넘는다. 자기는 하고 싶은 말은 꼭 해야 직성이 풀린다며 어떤 말을 해도 이해해 줄 것을 강요한다. 솔직함으로 대충 성의 없이 포장한 무례한 말에 조금이라도 언짢은 반응을 보이면 자기가 되려 난감해한다. 그냥 농담한 것뿐인데 내가 진지하게 받아들여서 분위기를 망쳐놨다느니, 그렇게 센스가 없어서 사회생활은 어떻게 하냐느니, 충고를 빙자한 근거 없는 막말로 타인의 삶을 하나하나 지적하려 드는 게 그들의 일상이다.

비판인지 비난인지 모를 신랄한 공격이 끝나고 나면 "다 너를 위해서 하는 소리야."라는 말을 덧붙인다. 문제의 원인을 제공한 자기 잘못은 쏙 빼놓고 모든 일이 나로 인해 일어난 것처럼 상황을 뒤집어 엎어 버린다. 잘한 건 제 탓, 못한 건 남 탓. 매사가 그런 식이었다. 죄가 없는 사람도 죄인으로 만들어 버리는 재주 하나는 타고난 그들이다. 그들의 잘못이 분명할수록 뻔뻔함은 더 심해진다. 자기 잘못을 알면서 모르는 척 숨기는 건지, 알아도 상관이 없는 건지. 아무것도 모르는 척 시치미를 뚝 뗀다. 결점 하나 없는 사람처럼 고고한 태도로 남의 일 보듯 무관심으로 일관한다.

그들은 불만이 많았다. 불만이 없는 게 불만일 정도로. 입만 열었다 하면 짜증이었다. 커피를 마시면서 쓰다고 투덜. 초콜릿을 먹으면서 달다고 투덜. 여름에 긴 셔츠를 입고 와서 덥다고 투덜. 겨울에 가죽 자켓을 입고 와서 춥다고 투덜. 다이어트 한다면서 배고프다고 투덜. 무리하게 과식해 놓고 배

부르다고 투덜. 나는 혼자 속으로 그들을 투덜이라고 불렀다. 쉴 새 없이 입을 삐죽 내밀고 실룩거리는 모양새에 잘 어울리는 별명이었다.

타인은 그저 자신의 이야기를 잠자코 들어주는 사람인 줄 아는 모양이었다. 다른 사람이 말할 차례가 되면 지루해서 1분 1초도 견디지 못하면서 자기 이야기는 어찌나 신이 나서 길게도 하는지. 잠깐 딴생각이라도 하는 것 같으면 자기 말에 집중 안 한다며 버럭 화를 내는 그들의 모습에 혀를 내둘렀다. 정말 염치도 없다. 같이 있는 것도 힘들어 죽겠는데 경청까지 요구하니. 무일푼으로 감정 노동하는 극한 봉사가 아닐 수 없었다.

'내가 예민하게 받아들이는 거겠지.' 하며 그들을 이해해 보려고 노력했다. 내가 먼저 9만큼 노력하면 그들도 1 정도는 노력해 주지 않을까 기대했다. 어차피 미워하는 마음으로 괴로운 건 나니까. 나만 꾹 참고 넘어가면 없던 일이 될 줄 알았다. 그게 나

를 위한 선택이라고 생각했다. 그러나 내가 참아줄
수록 그들의 무례함은 점점 심해졌고 빈도는 잦아
졌다. 애써 억누르고 있는 내 감정을 자꾸만 툭툭
건드렸다. 분명 잘못한 건 그들인데 힘든 건 나뿐이
었다.

그들은 언제 쏟아져 내릴지 모르는 소나기 같았다.
나의 날씨는 그들의 일기 예보에 따라 결정됐다. 먹
구름을 몰고 오는 날에는 그들을 따라 장대비를 내
려야 했다. 우산도 없이 비를 쫄딱 맞아야 했다. 그
들의 날씨는 갤 기미가 보이지 않았고 흠뻑 젖은 내
바짓가랑이는 마를 새가 없었다. 나의 하루는 그들
의 표정을 살피기만 하다가 끝났다. 그들과 대화하
고 나면 진이 빠졌다. 그들이 뱉어낸 감정들을 정화
없이 그대로 흡수해서인지 몸도 마음도 너덜너덜해
졌다.

우리는 시작부터 마음의 무게가 달랐다. 내가 가라
앉으면 그들은 떠올랐다. 그들은 내가 필요한 게 아

니었다. 원하는 걸 군말 없이 들어줄 사람. 휘두르는 대로 휘둘리는 사람이 필요했을 뿐. 우리의 마음은 맞닿은 적이 없었다. 나만 놓으면 끝나는 관계였다. 그런데 왜 나는 그들과의 관계를 쉽게 포기하지 못했을까. 지금도 잘 모르겠다. 정이었는지, 미련이었는지. 그것도 아니면 나에 대한 후회였는지. 내가 노력하면 다 바꿀 수 있을 거라 생각했다. 진심은 언젠가는 반드시 통할 거라고 굳게 믿었다.

그러나 진심도 때로는 통하지 않는다. 진심도 진심인 사람들끼리 통하는 법이다. 진심이라곤 찾아볼 수 없는 그들에게 진심이 통할 리가. 그야말로 '밑빠진 독에 물 붓기'였다. 내가 그들을 이해해 보려 노력하는 순간에도 그들은 나를 끌어내리기 바빴다. 그런 사람을 상식선에서 이해하려 한 게 잘못이다. 변명의 여지가 없는 나의 과오였다. 진작에 끊어냈어야 했는데. 내 욕심에 질질 끌었다. 그들에게 뭘 바라는 게 욕심이라는 걸 알지만, 그래도 바라는 게 있다면 더도 말고 덜도 말고 딱 두 마디만 하고 싶다. 무례하면 제발 눈치라도 챙기라고. 차라리 착한 척이라도 하라고.

어차피 그들은 들은 체도 안 하겠지만, 들어도 무시할 게 뻔하지만, 무례함이 당연하게 받아들여지는 세상에서 살고 싶진 않다. 자기 잘못을 반성하며 뉘우치진 못하더라도 적어도 눈치라도 봤으면 좋겠다. 죄책감은 느끼지 못하더라도 수치심이라도 느꼈으면 좋겠다. 남의 불행과 괴로움에는 끔찍이도 무관심하면서, 자신은 손톱만큼의 피해도 보지 않으려는 이기심을 부끄러워서라도 숨겼으면 좋겠다. 창피한 줄은 알았으면 좋겠다.

우리는 시작부터 마음의 무게가 달랐다.

내가 가라앉으면 그들은 떠올랐다.

어색한 인사

인사만 잘해도 먹고는 산다고 한다. 할까 말까 할 때 해야 하는 게 인사라고. 인사는 해서 나쁠 게 없고, 안 해서 좋을 게 없다. 하고 또 해도 손해 볼 게 없는 것이 인사다. 처음 볼 때 나누는 인사는 그 사람의 첫인상을 결정해 주기도 하고, 헤어질 때 나누는 인사는 그 사람의 됨됨이를 보여주기도 한다. 인간관계에 있어 인사는 정말 중요하다.

그런데 말이다. 그토록 중요한 인사가 나는 너무 어렵다. 길어봤자 "안녕하세요." 다섯 글자가 다인데. 이 짧고 간결한 문장이 좀처럼 입에 붙지를 않는다. 매일 하는데도 어째 늘지를 않는다. 어느 정도 적정

거리에서 인사를 건네야 할지, 허리를 먼저 숙일지, 눈을 먼저 마주칠지, 인사가 끝나면 스몰토크를 걸어야 할지, 말아야 할지. 신경 써야 할 것들이 한둘이 아녔다. 그렇게 마음속으로만 망설이다가 인사의 '0'자도 못 꺼내고 지나친 적이 대부분이긴 하지만.

내향인에게는 인사 한번 하는데도 대단한 용기가 필요하다. 어디서 누구를 봐도 반가운 마음보다 부끄러운 마음이 앞섰다. 길을 걸어가다 저 멀리 아는 사람이 보이면 빠른 길을 놔두고 빙 돌아갔다. 피할 수 없을 만큼 가까운 거리에서 마주치면 죄라도 지은 사람처럼 고개를 푹 숙였다. 민망해진 손은 얼른 주머니 속에 있던 핸드폰을 꺼내 들었고, 꺼져있는 화면에 비치는 오이 같은 내 얼굴과 멋쩍은 눈인사를 나눴다.

대학교 다닐 때까지만 해도 인사의 중요성을 모르고 살았다. 동기들에게는 '자발적 아웃사이더'로 유명했던 터라 인사를 주고받지 않아도 전혀 이상할

게 없었다. "쟤는 원래 저래."라는 말에 "맞아. 나는 원래 그래."라고 하면 모든 오해가 풀릴 일이었다. 오해가 쌓인다 해도 멀어지는 인간관계에 노력할 필요성을 느끼지 못했다. 어차피 혼자 있는 게 더 편했으니까. 형식적인 것이라고 치부했던 인사의 중요성은 직장생활을 시작하면서 깨달았다. 겉보기식이더라도 노력해야 하는 인간관계가 존재한다는 것을.

입사한 지 얼마 되지 않아 있었던 일이다. 직원 한 분이 나에게 물었다. "이번에 새로 들어온 신입사원분이랑 무슨 일 있으셨어요? 자기가 뭘 실수한 게 있는지 저보고 대신 좀 물어봐달라고 하더라고요." 생각지도 못한 질문에 당황해서 입이 떨어지지 않았다. 나는 그 분의 이름도 얼굴도 잘 몰랐다. 대화는커녕 제대로 된 인사도 몇 번 나누지 않았는데. 무슨 일이 있을 리가 있나. 아무리 머리를 굴려보아도 어떤 추측도 들어맞지를 않았다.

그렇게 한참을 고민하다 알았다. 아, 제대로 된 인

사를 나누지 않았던 게 문제였구나. 어색한 상황을 맞닥뜨릴 자신이 없어서 최선을 다해 도망 다녔던 게 오해를 불러일으켰구나. 내 딴에는 서로 불편한 자리를 만들고 싶지 않았을 뿐인데. 이유가 어찌 됐든 간에 내 마음의 불편함을 덜어내고자 상대방에게 불편함을 더 얹어준 것이니. 미안하고 죄송스러운 마음이 들었다.

내향인의 인사법에는 오해의 소지가 많다. 혼자서 끙끙대며 하는 수많은 고민을 상대방은 절대 알 수 없다. 불편해서 그러는 건지, 바빠서 그러는 건지, 기분이 안 좋아서 그러는 건지, 배려해서 그러는 건지 말이다. 한 번 보고 말 사이란 없다. 오해라고 해도 밉보여서 나에게 득 될 건 없다. 잠깐의 민망하고 어색한 순간들을 모면하기 위해 꼼수를 부린 지난날의 잘못을 반성했다.

이제는 아는 사람을 마주쳐도 더 이상 피하지 않는다. 말을 더듬고 어쩔 줄 몰라 하는 모습은 여전하지만, 인사 뒤에 흐르는 숨 막히는 침묵이 아직도 견디기 힘들지만. 이왕이면 더 예의 바르게 밝게 웃으면서 인사하려고 노력하는 중이다. '인사를 안 하는 사람'보다는 '어리숙하게 인사하는 사람'이 나으니까. 불상사를 만드는 것보다는 흑역사를 만드는 게 나으니까.

내향인의 인사법에는 오해의 소지가 많다.

혼자서 끙끙대며 하는 수많은 고민을

상대방은 절대 알 수 없다.

스몰토크 입문기

돈 많고 머리 좋은 사람도 안 부러운데, 스몰토크 잘하는 사람들이 참 부럽다. 스몰토크 잘하는 사람은 뭔가 다르다. 처음 보는 사람과 있어도, 어색한 사람과 있어도, 친한 사람과 있어도 한결같이 자연스럽다. 말에 윤기가 반지르르 흐른다. 5분이면 5분짜리 대화가, 10분이면 10분짜리 대화가 자판기처럼 튀어나온다. 어떤 사람과 있어도 어떤 대화 주제가 나와도 당황하지 않고 막힘없이 분위기를 이끌어 나간다.

나는 잡담을 잘 못한다. 세상일에 별로 관심도 없고, 요즘 뭐가 유행하는지도 잘 모른다. 사람들과 대화를 많이 주고받는 편도 아닐뿐더러, 어릴 때부터 "삶이란 무엇인가." "나는 왜 존재하는가." 같은 무거운 주제들만 생각하고 살아서 그런가. 별다른 주제 없이 가볍게 말 몇 마디를 주고받는 게 너무 어려웠다. 안 친한 사람과 있으면 등 뒤로 식은땀이 줄줄 흘렀고, 불편한 게 온몸으로 티가 나니 상대방도 덩달아 어쩔 줄 몰라 했다.

원래도 생각을 말로 표현하지 않는 편이긴 하지만, 마음의 문밖에 있는 사람들에게는 나를 조금도 드러내고 싶지 않았다. 내가 보여준 단편적인 모습만 보고 나를 판단하는 게 싫었다. 나는 의미 있는 사람과 의미 있는 대화를 나누고 싶은데, 스몰토크를 하고 나면 남는 게 없는 기분이었다. 단맛 하나 없는 디저트로 배만 채우는 불편한 배부름 같달까.

스몰토크, 그거 꼭 해야 할까? 불편하면 불편한 대로. 그냥 그런대로 살면 안 되나. 조용히 필요한 말만 주고받고 그 외의 대화는 합의하에 안 하면 안 될까. 스몰토크에도 옵션이 있었으면 좋겠다. "대화를 더 이어 나가겠습니까?"라는 질문에 '예' 또는 '아니오'로 답할 수 있다면 얼마나 좋을까. 그러면 미용실에 가기 전에 망설일 일도, 엘리베이터에서 어색한 직장동료를 만날까 봐 계단을 오르락내리락할 일도 없을 텐데.

말은 이렇게 해도 스몰토크의 중요성은 잘 알고 있다. 스몰토크에는 영 재능이 없어서 나온 푸념이다. 스몰토크 잘하는 나만의 팁을 멋지게 써 내려가고 싶은데 내 코가 석 자다. 어느새 직장생활 4년 차지만, 아직도 스몰토크 입문기에 머물러 있는 나. 그래도 어찌저찌 잘 버틴 것에 만족한다. 살아보니 의미 있는 것만 의미가 있는 건 아니었다.

스몰토크에도 옵션이 있었으면 좋겠다.

listen to carefully

"참 신기하지. 너랑 대화하다 보면 말하기 힘들던 고민도 다 말하게 돼." 나도 이유는 잘 모르지만, 나에게 속마음을 털어놓는 사람들이 많았다. 속을 꽁꽁 숨기던 사람들도 나와 단둘이 있으면 조금씩 자신을 드러내기 시작했다. 엄마가 말씀하시길 나와 대화하면 꼭 자연 속에 있는 것 같다고 하셨다. 그저 들어주고 품어주는 모습이 자연과 많이 닮아 있다며. 계속 대화하고 싶게 만드는 힘을 가진 사람이라며. 있는 그대로의 '나'로 대화할 수 있게 만들어 주는 사람이라며.

나는 대화할 때 말을 많이 하는 편은 아니다. 말주

변도 없고 감정표현에 서툰 편이라 위로도 사과도 감사 인사도 잘 못한다. 그래서 주로 이야기를 들어주는 입장을 자처하곤 했는데 그러다 보니 나도 모르는 새에 듣기 실력이 늘어 있었다. 물론 어느 정도 타고난 것도 있었다. 선천적으로 사람의 감정에 관심이 많았기에 나와 다른 삶을 살아온 사람의 이야기가 늘 궁금했다. 특별히 가까운 사이가 아니더라도 기꺼이 나의 시간을 내어주었다.

듣는 것에도 여러 종류의 듣기가 있다. 라디오에서 흘러나오는 시시콜콜한 사연을 자장가 삼아 듣는 것처럼 긴장을 풀고 편하게 듣는 '흘려듣기'가 있고, "listen to carefully"라는 말과 함께 시작되는 영어 듣기 시험처럼 고도의 집중력을 발휘해야 하는 '집중 듣기'가 있다. 경청은 남의 말을 주의 깊게 듣는다는 뜻으로 후자에 가깝다. 청자의 역할은 조금의 인내심만 가지고 있다면 누구나 할 수 있지만, 앞에 '傾(기울 경)'이 붙으면 난이도가 상승한다. 경청자는 하고 싶다고 할 수 있는 게 아니다. 경청을 잘하려면 배움과 노력이 반드시 수반되어야 한다. 경청은 기술이다.

경청할 때 가장 중요한 태도는 화자와 동등한 눈높이에서 바라보는 것이다. 모두가 남들은 모르는 자기만의 사정이 있다. 내가 살아온 기준대로 타인을 함부로 판단해선 안 된다. 상대방이 잘됐으면 하는 마음에서 우러나오는 조언이라고 하더라도 먼저 도움을 요청하기 전에는 되도록 하지 않는 것이 좋다. 어설픈 위로도 마찬가지다. 내가 괜찮다고 해서 남도 괜찮을 거라고 생각하면 안 된다. 좋은 말이라고 다 좋은 게 아니고, 나쁜 말이라고 다 나쁜 게 아니다.

경청은 말을 귀 기울여 듣는 능력인 동시에 말이 계속 나오게 하는 능력이기도 하다. 좋은 경청자는 마음이 하는 말을 듣는다. 화자조차도 모르고 있던 자신의 속마음을 스스로 알아차리게 하고 그 과정에서 생긴 감정의 조각들을 밖으로 꺼내준다. 얼굴도 이름도 나이도 모르는 익명의 누군가가 쓴 책을 읽는 것처럼. 가볍지는 않지만, 너무 무겁지는 않게. 어떠한 편견도 판단도 없이 상대방이 하는 말을 열린 마음으로 듣는다. "내가 너의 이야기를 들어주고 있어."가 아니라 "나는 너의 이야기를 듣고 싶어."라고 입이 아닌 눈으로, 표정으로, 귀로, 몸짓으로 대답한다.

경청에는 "내가 너에게 관심이 꽤 많아."라는 의미가 담겨있는 셈이다. 우리는 모두 누군가 우리의 이야기를 경청해 주길 바란다. 내가 경청을 통해 궁극적으로 얻고 싶었던 것도 상대방의 마음이니까. 사람의 마음을 움직이려면 내 마음을 먼저 내어주어야 하니까. 결국 경청은 마음을 보여주는 행위다. 말로는 기술이라고 했지만, 본질은 마음에 있다. 한마디로 표현하자면 '마음으로 마음을 얻는 기술'이다. 입에 발린 소리야 관심 없이도 하기 쉽지만, 경청은 상대방에 대한 깊은 관심 없이는 실현되기 어렵다. 사람 마음을 얻기가 어디 쉬운 일인가.

말을 꺼내는 상대방의 기분에 따라 감정 소모도 있을 것이고, 대화의 흐름을 놓치지 않기 위해 바짝 집중해야 하니 정신적 피로감도 상당할 것이다. 나도 처음부터 경청을 잘하진 못했다. 수십 번의 시행착오를 겪었고 그 과정에서 잃은 사람도 얻은 사람도 있었다. 잘 맞는다고 생각한 사람과 말로 꺼내기도 부끄러울 만큼 사소한 이유로 멀어지기도 했고, 여기서 더 가까워질 게 없다고 생각한 사람과 더 각별한 사이가 되기도 했다.

경청을 잘할 수 있는 쉬운 방법은 대화 상대를 좋아하면 된다. 관심 있는 사람의 이야기라면 자음 하나 놓치지 않고 들으려고 하니까. 딱히 경청하려고 노력하지 않아도 자동으로 경청하게 된다. 그러나 이 방법은 언제 어디서나 유용하게 써먹을 수 있는 방법은 아니다. 어떻게 좋아하는 사람들 하고만 지낼 수 있겠나. 가끔은 얼굴도 마주보기 싫은 사람의 이야기를 경청해야만 하는 순간이 생기기 마련이다. 그럴 때마다 그 사람을 좋아해 버릴 수도, 그

렇다고 피할 수도 없는 일이니, 어렵더라도 꾸준히
연습해야 한다. 여러 번 반복해서 경청하는 습관을
몸에 익혀야 한다.

경청은 말을 귀 기울여 듣는 능력인 동시에

말이 계속 나오게 하는 능력이기도 하다.

말 자 국

그 사람만이 가지고 있는 고유의 말의 소리, 말의
빠르기, 말의 억양. 그것들이 조화롭게 섞여 세상에
하나밖에 없는 말자국을 탄생시킨다. 말의 간격이
넓은 사람이 있는가 하면 좁은 사람이 있다. 말의
깊이가 깊은 사람이 있는가 하면, 얕은 사람이 있
다. 말의 무게가 무거운 사람이 있는가 하면, 가벼
운 사람이 있다. 말의 모양은 사람마다 조금씩 다
르다. 같은 문장도 누가 말하냐에 따라 의미가 바
뀐다.

우리는 말의 자국만으로 처음 보는 사람에게 좋은
인상 또는 나쁜 인상을 남길 수 있다. 타인의 말자

국만 보아도 나와 오래 만날 사람일지 아닐지 알 수 있다. 나에게도 사람들이 남긴 말자국이 있다. 누군가의 말자국은 따뜻한 기쁨의 모양일 테고, 다른 누군가의 말자국은 차가운 아픔의 모양이겠지. 나의 말자국은 어떻게 생겼을까. 나를 스쳐 지나간 사람들에게 나의 말자국은 어떤 모양으로 남아있을까.

말은 자국을 남긴다. 말자국은 삶의 자국이다. 말은 뱉는 순간 사라져도 말자국은 흔적을 남긴다. 소리가 아닌 다른 무언가로 무의식의 세계에 스며든 말자국을 허공에 새긴다. 흐릿해지는 기억 속에서 굳어버린 말자국을 조심스레 따라 걷는다. 너의 첫 말자국과 나의 끝 말자국을 맞대며, 너와 나란히 말맞춰 걸어간다. 왼말과 오른말이 "하나 — 둘, 하나 — 둘." 소리 내며 정박자로 흘러간다.

말자국에서 내가 보이고, 네가 보이고, 우리가 보인다. 나의 말자국을 알아봐 주는 네가 있어서 좋다.

너의 말자국을 내가 기억할 수 있어서 좋다. 얼굴을 보지 않고 목소리만 들어도 너를 짐작할 수 있다는 건 기분 좋은 일이다. 감기에 걸려 쉬어버린 목소리여도 단번에 나를 눈치챌 수 있는 네가 있다는 게 기분 좋은 일이 아닐 수가 없다.

흐릿해지는 기억 속에서 굳어버린

말자국을 조심스레 따라 걷는다.

도어 슬램

모든 인간관계는 암묵적인 계약을 통해 이루어진다. 계약서만 쓰지 않을 뿐, 각자의 기준으로 정해진 조항을 위반할 시에는 상호 간 사전 합의 없이도 계약 파기가 가능하다. 위약금을 물어줄 필요도, 두 사람 모두 도장을 찍을 필요도 없다. 그렇게 계약이 끝난 관계를 우리는 '도어슬램(door slam)'한 관계라고 말한다. 마음의 문을 닫고 관계를 단절하는 것. 도어슬램을 하는 방법은 저마다 가지각색이다. 노란색 카드를 세 번 주다가 빨간색 카드를 내미는 즉시 인생에서 아웃시키는 사람이 있는가 하면 경고 한 번 없이 단칼에 관계를 싹둑 잘라버리는 사람도 있다.

주변 사람들은 나를 보며 '프로 손절러'라고 불렀
다. 사람 그렇게 안 보이는데 참 정이 없다며. 어떻
게 그렇게 단호할 수 있냐며. 자기도 곧 손절당하
는 거 아니냐며. 농담처럼 나에게 말했다. 진지하게
반응했다간 분위기가 싸해질 것 같아 말을 아꼈지
만, 내가 손절을 결심하기까지 어떤 일들이 있었는
지 알게 된다면 아마 '프로 손절러'라는 말이 쏙 들
어가 버릴 것이다. 나는 관계를 잘 끊어내는 사람이
전혀 아니다. 차라리 '프로 미련러'라는 말이 더 어
울릴지도 모른다.

나는 내 직감을 꽤 믿는 사람이지만, 인간관계에서
만큼은 그렇지 못했다. 상대방에 대한 데이터가 충
분히 모일 때까지는 모든 판단을 보류하는 편이었
다. 아무리 안 맞는 것 같아도 절대 홧김에 관계를
끊지 않았다. 남들이 보기엔 아집 같아 보일지 몰
라도 내가 할 수 있는 최선을 다 해도 소용이 없다
는 걸 직접 경험해봐야만 포기가 가능했다. 감정이
바닥날 때까지 꼭 끝을 봐야만 했다. 지속해서 상

처를 주고받는 관계인지, 맞춰갈 수 있는 한계는 어디까지인지, 갈등이 반복된다고 가정했을 때 내가 견딜 수 있을 정도의 고통인지, 과연 이 모든 걸 감수할 만큼의 가치가 있는 관계인지 끊임없이 분석했다.

내가 도어슬램을 하는 방식은 보통 사람들이 하는 손절과 조금 다른 특이점이 있었다. 겉으로만 봤을 때는 평소와 다를 것 없이 똑같이 대하기 때문에 당사자조차도 관계가 틀어졌다는 사실을 모를 수 있다. 마음의 문을 닫았다고 해서 그 사람과 연락을 끊는다거나 안 본다거나 그럴 필요성을 굳이 느끼지 못했다. 그저 그 사람에 대한 감정을 내 안에서 완전히 배제할 뿐이었다. 미운 마음이라도 들어야 피하기라도 할 텐데. 눈앞에 있어도 없는 사람 같아서 피할 이유가 없었다. 언제 보아도 웃으며 인사할 수 있었고, 연락이 와도 반갑게 맞아줄 수 있었다.

대신 딱 그 정도까지다. 처음 보는 사람에게도 베풀어 줄 수 있는 친절함 외의 것들은 철저히 삼갔다. 사이가 나빠질 일도 좋아질 일도 없는 얼굴과 이름만 아는 사이. 그 이상 그 이하도 아니었다. 우리에게 인생의 주어진 시간은 그리 많지 않다. 서로의 마음이 닿지 않는 관계를 한 사람만의 노력으로 이어 나가는 게 무슨 의미가 있을까. 끝이 보이는 관계에 노력할 시간에 내 마음의 문 안에 들어온 사람들과 밥 한 끼라도 더 먹겠다. 사랑하는 가족들에게 안부 한 통이라도 더 묻겠다. 우리의 시간은 소중하니까.

사이가 나빠질 일도

좋아질 일도 없는

얼굴과 이름만 아는 사이

죄송하지만,
아는 척은 사양할게요

나를 잘 아는 사람과 애매하게 아는 사람이 있다.
두 사람 중 누가 더 편할까. 당연히 전자다. 그렇다
면 질문을 조금 바꿔서 나를 애매하게 아는 사람과
모르는 사람이 있다면? 사람마다 다르겠지만, 나는
후자가 더 편하다. 가끔은 나를 잘 아는 사람보다
처음 보는 사람이 더 편할 때도 있다. 왜 그럴까. 왜
나를 모르는 사람일수록 편하게 느껴질까.

나를 모르는 사람들은 나를 판단하지 않는다. 아
니, 판단할 수가 없다. 아는 게 없으니까. 그러나 나
를 아는 사람들은 나를 판단한다. 그들만의 세상에

서 그들만의 관점으로 말이다. 내 세상에서는 그 판단이 오류가 있을지언정, 그들의 세상에서는 그들의 판단이 정답이다. 나를 칭찬하든 비난하든 오해하든 이해하든 그들의 자유다. 아무도 그 자유를 침범할 권리는 없다.

그러나 사람들은 판단만으로 그치지 않는다. 나를 잘 알지도 못하면서 "내가 너를 잘 아니까 하는 말인데"라는 말을 너무나도 쉽게 쓴다. 착각을 진실로 둔갑시킨다. 내 세상에 와본 적도 없으면서 자기만의 세상에 나를 가두려 한다. 자기만 아는 내 모습만 보고 말이다. 나는 오지랖 넓은 사람들이 불편하고 성가시다. 자기 인생이나 알아서 잘 살 것이지, 왜 남의 인생에 감 놔라 배 놔라 하는 건지.

언제부턴가 나를 잘 안다고 하는 말이 부담스러워졌다. 나를 잘 안다고 말하는 사람과 있으면 그 사람의 세상 속에 있는 나로 말하고 행동해야 할 것만 같았다. "너를 잘 알아."라는 말보다 "너를 알아가고 싶어."라는 말이 듣고 싶었다. 아는 것과 이해하는 것은 다르니까. 나를 잘 안다는 말이 나를 이해한다는 말은 아니니까. 나를 아직 다 모른다는 말은 내 세상을 받아들일 마음의 자리가 있다는 거니까.

사람들은 생각보다 남에게 관심이 없다. 다들 자기 인생 살기도 바쁜데 남의 인생을 자세히 들여다볼 시간이나 있을까. 남의 이야기는 대부분 잘 모르고 하는 말이다. 알 생각도 없으면서 "누가 그러더라." "왠지 그럴 것 같더라니." 하며 별 생각 없이 하는 말이다. 그런 말을 이해하기 위해 내 아까운 시간을 할애할 필요가 있을까. 나 그런 사람 아니라고 해명할 가치나 있을까. 나를 좋아하는 사람에게만 좋은 사람이면 될 일이다. 나를 이해해 줄 마음이 있는 사람들만 내 세상에 초대하면 될 일이다.

내가 MBTI에 진심인 이유

나에게는 6살 차이가 나는 친언니가 있다. 지금은 둘도 없는 친구 같은 존재이지만, 어릴 때까지만 해도 언니와 나는 굉장히 서먹한 사이였다. 무뚝뚝하고 감정을 잘 드러내지 않았던 언니에게 이유를 알수 없는 벽이 느껴졌다. 언니는 학교 갔다가 집에 돌아오면 방문을 닫고 책만 주야장천 읽었다. 언니가 나에게 말을 거는 목적은 과자를 사 오라는 심부름 말곤 없었다. 내가 중학교 1학년이 되었을 때 언니는 대학에 들어갔고, 내가 대학에 입학할 무렵에 언니는 취업을 했다. 무소식이 희소식이라고. 우리는 서로의 생사만 확인하는 정도의 안부 연락만 간간히 주고받으며 지냈다.

그러던 어느 날이었다. 대학교 여름방학을 앞두고 여유를 즐기고 있던 차에 언니에게 갑자기 뜬금없이 연락이 온 것이다. 연락의 내용은 여름휴가로 유럽 여행을 가려고 하는데 시간 되면 같이 가자는 것이었다. 준비는 다 자기가 할 테니 짐만 잘 챙기라고 했다. 처음으로 언니와 단둘이 떠나는 여행이기도 했고 게다가 꿈만 꾸던 유럽이라니. 거절할 이유가 하나도 없었다. 설레는 마음으로 비행기표를 끊고 출국하는 날이 오기만을 오매불망 기다리며 하루하루를 보내고 있었다.

떠나기 한 달 전쯤이었나. 엑셀 파일 하나가 메일로 날아왔다. 이게 뭔가 싶어서 파일을 열어보니 언니와 같이 떠나기로 한 유럽 여행 일정표였다. 나는 파일을 본 순간 입을 다물 수 없었다. 시간대별로 빼곡히 정리된 계획표는 언니의 똑 부러진 성격을 여지없이 보여주었다. 언니는 J 중에서도 J라는 ESTJ로 나와 거의 정반대의 성향이다. 상극의 MBTI 조합으로 해외여행이라. 자, 이제 결말이 대충 예상되지 않을까 싶다.

첫 여행지는 독일의 금융 중심지 프랑크푸르트였다. 공항 체크인 카운터에서 살짝 방황하긴 했지만, 출국심사도 잘 마쳤고 비행기도 문제없이 탑승했다. 14시간 정도 되는 긴 비행시간에 지칠 대로 지친 우리는 호텔에 도착하자마자 뻗어버렸다. 시차 적응이고 뭐고 다 잊어버리고 깊은 잠에 빠졌고, 숙면한 덕분에 다음 날 상쾌한 기분으로 아침을 맞이했다. 창밖의 풍경을 보니 그때야 실감이 나기 시작했다. "아, 맞다. 여기 한국 아니지." 마치 다른 차원의 세계로 날아온 것만 같은 기분이었다. 그때까지만 해도 우리는 황홀한 기분에 취해있었다. 곧 무슨 일이 일어날지도 모른 채.

처음 일어난 갈등의 원인은 사진 때문이었다. 언니는 유럽 여행을 위해 새로 장만한 카메라를 가방에서 꺼내 들었고 손가락으로 동상을 가리키며 저기 앞에 서서 포즈를 취해보라고 했다. 언니가 시키는

대로 동상 앞으로 뚜벅뚜벅 걸어가 정자세로 섰지
만, 막상 포즈를 취하려니 사람이 너무 많아서 긴장
한 탓에 몸이 마음대로 움직이질 않았다. 한껏 경
직된 표정으로 카메라를 응시하는 나를 보며 언니
는 "좀 웃어봐. 지금 너 완전 이상해."라고 말했다.
뭐, 이상하다고? 가슴에 비수가 날아와 꽂혔다. 사
진을 잘 찍어주고 싶었던 언니의 의도와는 상관없
이 이상하다는 말에 기분이 상해버린 나는 입술을
삐쭉 내밀며 토라진 티를 팍팍 내고야 말았다.

"됐어. 안 찍을게. 내 사진이나 찍어줘." 언니가 카
메라를 나에게 건네며 말했다. 참고로 나는 사진을
정말 못 찍는다. 카메라를 든 내 손은 셔터를 누르
는 순간까지 부들부들 떨렸고 예상대로 결과물은
처참했다. 수평은 하나도 안 맞았고 시공간이 왜곡
된 사진을 보며 언니는 사진이 이게 뭐냐며 다시 찍
어달라고 했다. "내가 구도 잡아줄 테니까 움직이지
말고 지금 보이는 화면 그대로 찍어."라는 말과 함
께 언니는 동상 앞으로 가서 포즈를 취했다. 그러나

내 사진 실력은 좀처럼 나아지질 않았고 언니의 언성이 높아지기 시작했다.

"아니, 왜 알려줘도 못해? 내가 구도도 다 잡아줬잖아. 그대로 찍기만 하면 되는데."
"미안해. 나 사진 잘 못 찍어."
"그럼 잘 찍으려고 노력이라도 해야지."
"노력한 건데…."
"나아지는 게 없잖아. 진짜 노력한 거 맞아?"

사실 언니 말이 다 맞다. 노력할 기분이 아니었다. 도저히 이 감정으로는 언니가 하라는 대로 움직이고 싶지 않았다. 나는 언니의 질문에 변명만 늘어놓았고, 언니는 그런 나를 전혀 이해하지 못했다. 우리는 서로 마음을 표현하는 방식도, 받아들이는 방식도 달랐다. 여행하는 내내 별것도 아닌 걸로 싸웠고 오해는 계속 쌓여갔다. 내가 잘못한 건 맞지만, 답답하고 억울했다. 언니의 입장도 마찬가지였을 것이다. 서로에게 등을 돌린 채 감정의 골은 깊어져만

갔다. 대화는 사라졌고 침묵만 흘렀다.

그렇게 서로를 이해하지 못하고 오해만 깊어진 채로 지내다가 우연히 인터넷에서 출처를 알 수 없는 글 하나를 발견했다. 제목은 'T와 F의 차이'였다. 지금처럼 MBTI가 유행하기 전이라 제목만 보고는 내용을 전혀 추측할 수 없었다. 친구가 검사 한번 해보라고 해서 내가 F라는 사실만 어렴풋이 알고 있었을 뿐, 각 유형이 어떤 성격을 가지고 있는지에 대해서는 완전히 무지한 상태였다. 그 글을 다 읽고 나서 나는 벌어진 입을 다물 수가 없었다. 처음엔 정말로 언니가 우리 둘의 이야기를 써서 올린 줄 알았다. 물론 우리의 이야기가 아니었지만 말이다.

댓글을 하나하나 읽어 보니 나와 같은 생각을 하는 사람이 한두 명이 아니었다. "와 너무 공감가서 소름⋯." "제 이야기인 줄 알았어요." "내 남자친구랑 나 보는 줄." 다들 자기 이야기라며 공감하는데 마냥 신기했다. 새로 올라오는 댓글도 얼른 확인하고 싶어서 10초마다 새로고침하며 하루 종일 그 글만 들여다보았다. 언니에게도 시간 날 때 한 번 읽어보라고 링크를 보내주었는데 바로 답장이 왔다. "완전 우리 아님?"이라고 말이다. 얼굴도 모르는 사람이 인터넷에 올린 MBTI 글 하나로 우리는 지나온 날들을 함께 되돌아보며 오해를 이해로 바꾸기 시작했다.

이제 우리는 웬만해선 잘 싸우지 않는다. 성향 간 차이에서 발생하는 갈등은 한 사람이 정답이 될 수 없다는 걸 알기에 전처럼 서로의 입장만 내세우지도 않는다. 나는 감정적인 표현을 줄이고 행동의 원인을 설명하려 한다. 언니는 질문을 최대한 줄이고, 내 감정을 먼저 들여다보려 한다. 물론 정해진 유형 안에 서로를 가두고 일반화하는 건 더 큰 문제가 될 수 있다. "난 T라서 그래." 또는 "넌 F라서 그래"라는 말로 자신을 정당화하거나 상대를 재단해선 안 된다.

MBTI가 유행하면서 다양한 콘텐츠들을 통해 사람들이 자신의 성격을 하나의 성격 유형으로 설명하기 시작했다. "나는 I라서 혼자만의 시간이 필요해." "나는 J라서 계획이 틀어지면 스트레스받아." 같은 말로 자신을 좀 더 쉽게 표현하고 드러낼 수 있게 되었다. 요즘에는 첫 만남 또는 자기소개를 할 때 꼭 MBTI를 물어본다고 하더라. 내 주변만 봐도 이제는 자신을 포장하려고 하기보다는 있는 그대로 드러내려고 하는 분위기로 바뀌어 가고 있는 것 같다.

MBTI가 유행할 수 있었던 이유도 결국 '나'라는 존재에 대해 관심이 많았기에 가능한 일이었다고 생각한다. 나를 탐구하고 타인에게 알리고 싶은 욕망. 하나의 유형 안에 내가 속해있다는 소속감. 더 나아가 타인을 이해하고 교감하고자 하는 마음. 이 모든 게 잘 어우러져 MBTI가 많은 사람에게 관심을 받게 되지 않았나 싶다. 특히나 나 같은 내향인들에게는 자기소개로 MBTI만큼 좋은 게 없다. 남에게 말로 하기 복잡한 속마음을 MBTI로 대신 설명할 수 있으니 얼마나 편한가. 정말이지 MBTI가 없었다면 어쨌으려나 싶다.

남에게 말로 하기 복잡한 속마음을

MBTI로 대신 설명할 수 있으니.

공감,
그저 고개를 끄덕여주는 것

"나 우울해서 빵 샀어."라고 F가 T에게 말했다. T가
대답했다. "무슨 빵?"이라고. F들은 자신의 감정에
공감해주지 않고 사실만 말하는 T에게 "너 T야?"
라고 말하며 서운함을 표현한다. 그러면 T가 이렇
게 대답한다. "그러는 너는? 왜 너의 감정을 이해하
지 못하는 나의 감정에는 공감해 주지 않는 거야?"
라고. 공감이란 뭘까. 상대방의 입장이 되어 느끼는
것이 공감이라면, F는 F끼리만 T는 T끼리만 공감할
수 있는 걸까.

사람들은 언제 공감 받는다고 느낄까. 어떤 상황

에서든 항상 내 편이 되어줄 때? 나와 비슷한 경험이 있는 사람을 만날 때? 아니면 내 이야기를 끝까지 들어줄 때? 아마도 대부분은 자신과 비슷한 감정을 느낄 줄 아는 사람에게 공감 받는다고 느끼는 것 같다. 감정이입을 잘하는 사람을 보면 우리는 "너 공감능력이 좋다."라고 말하곤 한다.

그런데 여기서 드는 한 가지 의문이 있다. 만약 공감을 원하지 않는 사람의 상황에 감정이입을 한다면, 그것도 과연 공감이라고 말할 수 있을까. 당사자 입장에서는 공감 받지 못한다고 느낄 수도 있지 않을까. 애초에 공감 받기를 원하지 않았으니 말이다. 예를 들어 나에겐 동정이라는 감정이 그렇다. 동정을 공감과 동일선상에 두기에는 영 찝찝한 기분이다. 공감은 공평하지만, 동정은 일방적인 느낌이랄까.

내가 타인의 상황보다 나은 위치에 있다고 생각할 때, 동정과 연민을 경험할 수 있지 않은가. 지극히 주관적인 판단으로 말이다. 나보다 잘 먹고 잘 사는 사람을 과연 동정하고 연민할 수 있을까. 나는 불가능하다고 본다. 선한 마음으로 동정할 수는 있지만, 동정이라는 감정 자체를 선한 마음으로 보기는 어렵다. 타인의 불행을 자기 위안으로 삼는 사람들도 많으니까. 그 감정을 동정으로 포장하는 경우도 많이 봤고.

공감능력이 높은 사람은 단순히 감정이입을 잘하는 사람이 아니다. 상대방이 웃으면 웃고, 울면 우는 사람을 공감능력이 좋다고 말하긴 애매한 구석이 많다. 공감능력은 감정적 판단보다 이성적 판단이 더 우선시 되어야 한다. 상대방이 어떤 사람인지 세밀히 파악할 줄 알아야 하며, 나와 상대방을 구분할 줄 알아야 한다. 나로 상대방의 마음을 들여다 보는 게 아니라, 상대방으로 상대방의 마음을 들여다 볼 줄 알아야 한다.

공감이란 서로의 경계를 넘지 않으며 정서를 교감

하는 대화의 한 형태이다. 공감이라고 해서 상대방과 똑같은 감정을 느낄 필요는 없다. 대단한 위로도 완벽한 해결책도 없어도 된다. 그저 상대방의 말에 고개를 끄덕여주는 것. "너는 그렇구나."하며 상대방의 감정을 인정해주는 것. 그것도 어려우면 그냥 곁에 있어주기만 해도 충분하다.

공감이란 서로의 경계를 넘지 않으며,
정서를 교감하는 대화의 한 형태이다.

떨어지는 낙엽이 될래요

사람은 어딘가에 속해 있을 때 안정감을 느낀다는데. 나는 벗어나 있을 때 그랬다. 물리적으로든 심리적으로든 아무도 들어오지 못하는 나만의 공간이 꼭 필요했다. 상대방과 거리 조절을 하지 않으면 불안한 감정을 통제할 수가 없었다. 그 누구와도 더 이상 가까워질 수 없는 나만의 벽을 만들어 내야만 했다. 철옹성같이 단단한 벽을 허물 수 있는 사람은 없었다. 가족도 예외는 아니었다.

혼자가 익숙해졌다고 생각할 때쯤이면 고독한 외로움이 찾아온다. 빛을 거둔 하루는 회색빛으로 바래지고, 별을 셀 수 없는 밤이 어둠을 몰고 온다. 외로움은 밤의 그림자가 되어 내 뒤를 졸졸 따라다닌다. 어제도 와놓고, 오늘도 왔다. 이제 정말 익숙해졌다고 생각했는데, 그랬으면 싫었는데. 외로움은 조금도 옅어질 기색이 없다. 이 밤이 깊어질수록 짙어져 간다.

그렇다고 외로움을 사람으로 채우고 싶진 않았다. 그럴수록 더 갈증이 나는 것 같았다. 같이 있어도 어딘가 공허한 기분. 가까워지는 만큼 멀어지는 것 같은 말로 설명할 수 없는 그런 기분. 가끔 위대한 자연을 마주할 때도 비슷한 감정이 종종 들곤 하는데, 가슴 어딘가 뻥 뚫린 것처럼 헛헛한 기분을 느꼈다. 내가 통제할 수 없는 것에 대한 두려움이었을까.

사람들과 있으면 감정의 폭풍우가 휘몰아쳤지만, 혼자 있으면 태풍의 눈 속에 있는 것처럼 고요하고 평온할 뿐이었다. 거세게 내리던 비가 그치고 강하게 불던 바람도 멎었다. 푸른 하늘과 시원한 공기만이 나를 반겼다. 그곳이 바로 나의 피난처였다. 그곳에서 나는 조용히 외로움의 근원을 찾아 나선다. 겉에 묻은 흙을 닦아 내보면 다른 반짝이는 무언가가 있을지도 모르니까. 외로움의 또 다른 이름은 자유일지도 모르는 일이니까.

외로움은 꼭 가을 끝자락에서 우수수 떨어지는 낙엽 같다. 초록빛 계절을 어찌나 제대로 즐겼는지 나뭇가지를 붙잡지도 않는다. 불어오는 바람에 기다렸다는 듯이 얼른 손을 놓아버린다. 나도 저 낙엽처럼 살고 싶다. 변화의 순간을 자연스럽게 받아들이고 싶다. 노랗고 빨갛게 물들 때까지 최선을 다한 뒤 미련 없이 떨어지는 모습. 바스락 소리를 내며 부스러지는 낙엽 위에서 마구 뒹굴다 보면 나도 낙엽이 될 수 있을까. 불현듯 스며드는 외로움이 자연스러워질까. 그럴 수 있다면 그러고 싶다. 외로움이 익숙한 혼자가 되고 싶다.

외로움은 꼭 가을 끝자락에서
우수수 떨어지는 낙엽 같다.

함께보라

당신의 이야기로 채워주세요

상대방이 내 마음과 같지 않을 때,
거리를 조절하는 나만의 방법은?

그저 그 자리에서 기다린다.

나

규	히나
달과 별을 본다. 눈을 감는다. 운다.	내 할 일에 집중하기! 그러다 보면 연락 텀이 알아서 맞춰지더라구요

오헬	뷰스
그냥… 방법이 없어요. 모른 척, 바쁜 척하연서 최대한 피합니다.	Let it flow~

친절한 소금빵	지예준
상대를 진정 좋아하는 건지 구분하기. 상대가 원하는 거리 두기를 존중하는 게 진짜 좋아하는 마음일 테니까.	순응해야 한다는 걸 알지만, 마음이 안 따라 주네요.

그로밋	차돌짬뽕
자연스럽게 멀어진다.	그럴 수도 있지.

하람	godjam93
내 마음과 같지 않은 사람이라면 잠깐 내 마음과 같아진다 하더라도 금방 되돌아갈 테니 받아들입니다.	다름을 인정하고 같이 가거나, 포기하거나. 선택은 본인의 몫.

라곰고미	세리
대화로 의견을 맞춰가는 거요. 내가 모르는 과정을 통해 생각이 달라질 수도 있으니까요	슬프지만 어쩔 수 없다고 생각해요. 내가 좋아한다고 해서 그 사람도 나를 좋아해야 하는 건 아니니까.

@infj_bora 인스타그램을 통해서 실제로 받은 답변입니다.

Part 3

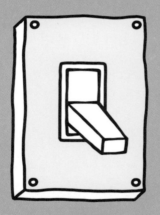

사랑,

내가 나로 함께하길

좋아하는 사람이 생겼어

처음에는 단순한 호기심으로 시작한 감정이었다. 나와 하나부터 열까지 다른 네가 신기했고 궁금할 뿐이었다. 가끔 너를 질투하기도 했다. 어딜 가든 사람들에게 둘러싸이는 네가 부러웠다. 너라는 사람을 본격적으로 파헤치게 된 계기는 어쩌면 나의 보잘것없는 열등감 때문일지도 모른다. 네 앞에만 서면 자꾸만 초라해지는 내가 미웠고, 나를 밉게 만드는 너도 미웠다. 그럼에도 나는 계속 너를 주시했다. 네가 보이지 않는 다른 곳으로 고개를 돌리면 이내 다시 궁금해졌다. 지금쯤이면 어떤 표정을 짓고 있을지 보고 싶었고, 무슨 말을 하고 있을지 듣고 싶었다.

너는 날이 갈수록 반짝거렸다. 어떤 각도에서 봐도 그림자 진 곳이 없었다. 앞에서 봐도 뒤에서 봐도 눈부셨다. 따스한 햇살에 비치어 반짝이는 윤슬처럼 아름답게 빛났다. 네가 반짝일 때마다 내 두 눈동자는 환하게 밝아졌고, 네가 웃으면 나도 모르게 덩달아 따라 웃었다. 너의 별거 아닌 말과 행동 하나에도 금세 행복해졌다. 이른 아침에 눈을 뜨면 네 생각으로 하루를 시작했고, 늦은 새벽에 눈을 감으면 네 생각으로 하루를 끝냈다. 온통 나로 꽉 차 있던 세상에 네가 시도 때도 없이 불쑥 나타났다. 모든 질문의 주어가 '나'에서 '너'로 바뀌고, 어느새 내 세상은 네 세상이 되었다.

내 시선의 끝은 항상 너였다. 너의 잔상이 내 기억 속에서 희미해지는 것조차 아쉬웠다. 눈을 깜빡이는 순간이 아까울 정도로 너의 모든 순간을 눈에 담고 싶었다. 단언컨대 호기심 이상의 감정이었다. 너를 보고 있으면 어딘가 묘한 감정이 들었다. 심장은 간질거렸고 거울 속의 나는 어딘가 모르게 들떠

보이기도 했다. 눈을 감고 너를 떠올리면 구름 위를 걷는 것만 같았다. 너와 함께 있는 상상만 해도 두 볼이 붉어졌고 내 입가엔 어느새 미소가 한가득 번져있었다. 좋아한다는 말이 아닌 다른 말로 이 감정을 어떻게 설명할 수 있을까. 나는 너를 좋아하는 게 분명하다.

그런데 대체 왜 네가 좋아진 것인지 나도 잘 모르겠다. 우리 사이에 무언가를 의미 부여할 만큼 대단한 사건이 있었던 것도 아닌데 말이다. 나는 너에 대해 아는 게 없었고, 너도 나에 대해 아는 게 없었다. 그저 지나가다 말 몇 마디 나눠본 게 끝이었다.

나는 너에게 가까워지지도 멀어지지도 않았다. 네가 나를 한 번이라도 돌아봐 주길 바라면서 눈에 띄는 행동은 절대 하지 않았다. 항상 일정한 궤도를 유지하며 인공위성처럼 네 주변을 조심스럽게 맴돌기만 했다. 뒤로 물러설 생각이 없는 이 파도 같은 마음이 감당할 수 없을 만큼 커지지만 않길 바라

며. 내가 가라앉지 않을 만큼만 너에게 빠지길 바
라면서 말이다.

모든 질문의 주어가 '나'에서 '너'로 바뀌고,

어느새 내 세상은 네 세상이 되었다.

네가 궁금해

너를 더 알고 싶었다. 나 혼자 상상하는 네가 아닌, 네가 말해주는 너를 듣고 싶었다. 아침에 일어날 때 잠투정은 부리는지, 버스 탈 때 창가 자리에 앉는지, 밥 먹을 때 젓가락질은 어떻게 하는지, 주말엔 밀린 잠을 자느라 점심도 거르는 건 아닌지. 너의 모든 게 궁금했다. 너도 모르는 너의 모습까지도 알고 싶었다. 내 안을 너로 빈틈없이 가득 채우고 싶었다. 아주 잠깐이라도 좋으니, 네가 되고 싶은 심정이었다.

너의 마음을 하나하나 알려주면 참 좋을 텐데. 너를 공부하려면 독학 말곤 방법이 없다. '사랑'이라는 글자가 붙은 책을 읽고, 영화를 보고, 드라마를 봐도 누구나 아는 뻔한 소리만 늘어놓는다. 변수와 미지수만 가득한 너라는 방정식에는 어떤 공식도 적용되지 않는다. 너를 좋아하는 건 정답이 없는 주관식 문제를 푸는 것 같다. 네가 내준 시험지에는 물음표 말고 적어낼 수 있는 게 없다. 어떤 것도 내 마음대로 감히 마침표를 찍을 수가 없다.

습기 찬 창문이 우리 사이를 가로막는다. 옷소매를 손끝까지 올려 뿌옇게 흐려진 유리를 닦아보지만, 창밖에 있는 나는 너를 볼 수가 없다. 불투명한 너의 마음이 내 눈에는 보이지 않는다. 보이지 않는 게 다행일까. 그래, 차라리 다행이다. 아직은 너를 선명하게 볼 자신이 없다. 네 마음속에 내가 없을까 봐, 다른 사람이 있을까 봐 두렵기만 하다. 네 마음이 내가 아닌 다른 곳을 향하고 있을까 봐 조바심이 난다.

나는 내가 질투가 별로 없는 사람인 줄 알았다. 질

투는 소꿉놀이 같은 유치한 감정이라며 우습게 여겼다. 나는 성숙한 어른이니까, 네가 행복하기만 하면 나도 행복할 줄 알았는데. 사람 마음이 참 간사하다. 언제는 너만 행복하면 된다고, 그걸로 충분하다고 그러더니. 네가 다른 사람을 좋아하지 않았으면 좋겠다. 너도 나와 같은 마음이었으면 좋겠다. 큰일이다. 너를 향한 이기적인 욕심이 하나둘씩 늘어만 간다. 내가 염치없이 너의 마음을 욕심내도 되는 걸까. 이래도 되는 걸까.

너를 더 알고 싶었다.

나 혼자 상상하는 네가 아닌,

네가 말해주는 너를 듣고 싶었다.

짝사랑이 힘든 이유

짝사랑은 불장난 같다. 위험한 걸 알면서도 함부로 불씨를 지핀다. 호기심으로 시작된 작은 불씨는 어디서 불어오는지도 모르는 바람을 타고 금세 큰 불길로 번진다. 도통 걷잡을 수가 없다. 잦아들 기미가 보이지 않는다. 열기를 품은 불똥이 어디로 튈지전혀 예측할 수 없다. 세차게 타오르는 불꽃이 불길하다. 붉은 줄기를 타고 흐르는 너를 향한 내 감정의 불을 꺼줄 사람이 없다. 물을 쏟아부어도 불길은 더 강해질 뿐이다.

너는 내 마음에 장작을 넣고 힘껏 부채질한다. 불씨들은 사방으로 퍼져나간다. 어떻게 한순간에 마음이 이렇게 커질 수가 있을까. 하루가 다르게 커지는 감정이 두렵기만 하다. "너를 좋아해."라는 말이 턱 끝까지 차오르지만, 단 한 글자도 내뱉지를 못한다. 굳게 닫힌 입술은 조금도 열릴 생각이 없다. 재채기의 힘을 빌려서라도 입 밖으로 꺼내고 싶은 심정이지만, 그것조차 내 마음대로 되지 않는다.

하루에도 수십 번 냉탕과 온탕을 왔다 갔다 한다. 몸은 하난데 마음이 두 개라 끝이 나지 않는 싸움을 반복한다. 심장이 막 뜨겁게 달아오르다가 차갑게 얼어붙는다. 미지근해질 틈이 없다. 설레면서도 불안하고, 불안하면서도 자꾸만 끌린다. 너는 나를 자석처럼 끌어당긴다. 온몸에 힘을 빼고 끌리는 대로 끌려만 가고 싶다가도 낭떠러지 끝에 혼자 남겨질까 무섭다. 마음 편히 너를 좋아할 수가 없다.

너의 마음은 내 마음과 다를 수 있다는 것을 안다. 그래도 괜찮다. 달라도 좋다. 내가 너에게 맞춰가면 되니까. 네 옆에 있을 수만 있다면 나를 잃는 것쯤

이야 어려운 일도 아니다. 같은 자리에서 너만 바라보고 있는 내 눈동자에 스쳐 가는 너의 시선이 잠깐이라도 머무를 수 있다면, 난 밤낮없이 기다릴 수 있다. 내 마음이 너에게 닿을 때까지 하염없이 너만 좋아할 수 있다.

그칠 줄 모르는 기나긴 장마가 끝나고 나면, 네 마음으로 건너갈 수 있는 무지개가 뜨긴 할까. 간절히 기다리다 보면 언젠가는 그런 날이 오긴 할까. 내 사랑이 지핀 불씨에 네가 뛰어들어 줄까. 우리는 과연 함께 불꽃을 피워낼 수 있을까. 홀로 외로이 타오르다가 재가 되어버리면 어쩌지. 다시는 너에게 아니, 누구에게도 불을 지필 수 없으면 어쩌지. 이대로 가루처럼 모든 게 사라져 버리면 어쩌지.

짝사랑은 불장난 같다.

위험한 걸 알면서도 함부로 불씨를 지핀다.

너에게 고백하기 전

고백할까 말까. 좋아한다고 말할까 말까. 내가 너에게 고백해도 될까. 어떻게 내 마음을 전해야 할까. 아무래도 직접 만나서 고백하는 게 가장 좋겠지만, 너의 얼굴을 보면 긴장해서 아무 말도 못 할 것 같다. 전화로 하면 목소리가 너무 떨릴 것 같고, 문자는 가벼워 보일까 걱정이다. 진심을 눌러 담은 편지를 써서 줄까. 그건 좀 부담스러우려나. 뭐 이리 생각할 게 많은지. 너를 좋아하기도 어려운데 고백은 더 어렵다.

너는 참 단순한 사람인데 너를 향한 내 마음은 복잡하기만 하다. 너는 읽기 쉬운 사람인데 너의 마음을 읽을 용기가 없다. 내 용기가 후회로 남을까 봐 아무것도 할 수가 없다. 힘겹게 돋아난 여린 고백이 그대로 꺾일까 봐 어떤 말도 꺼내기가 조심스럽다. 네가 저 멀리 달아나 버릴까 봐 마음을 움직일 수가 없다. 내 마음이 너에게 함부로 건너가지 못하게 내가 나를 가로막는다. 자칫하다간 너를 아예 잃을지도 모르니까.

네가 나의 고백을 받아줄 확률은 동전을 던져 앞면이 나올 확률과 같다. 사실 모든 선택이 언제나 그렇다. 더 원하는 것과 덜 원하는 것 중에 하나를 골라야 한다. 어떤 선택을 하든 포기한 것에 대한 아쉬움은 남을 수밖에 없기에. 조금이라도 나은 선택을 하기 위해 이리 재고 저리 잰다. 그런데 짝사랑은 나은 선택이랄 게 없다. 모든 선택이 불확실하기만 하다. 세상에 0%인 확률은 없는데 작은 희망도 걸기가 쉽지 않다. 이건 희망 고문이 아니라 그냥 고문이다.

너를 향한 내 마음의 크기가 나조차도 가늠이 가지 않는다. 내 사랑이 너에게 부담일까 봐 여전히 두렵지만, 그래도 말하고 싶다. 너를 아주 많이 좋아한다고. 너의 마음은 1%도 확신할 수 없지만, 나의 마음은 1%의 의심도 없다고. 너라면 어떤 결론에 다다르더라도, 그 과정만으로도 의미 있을 것 같다고. 너를 좋아한다고 말하고 싶다. 두 번이고 세 번이고 말하고 싶다.

이제는 말하려 한다. 너를 좋아한다고 말하려 한다. 너에게 전하는 고백은 나에게 전하는 고백이기도 하다. 나에게 솔직해져야 너에게 솔직해질 수 있으니까. 나를 위한 선택일수록 고백은 쉬워질 테니까. 이기적인 나의 고백을 빌미로 네가 잠깐이라도 나를 자세히 들여다봐 줄 수 있다면 그걸로 됐다. 나는 이제 너의 마음이 아니라 존재를 바랄 뿐이다. 너를 기다리는 마음을 설렘으로 채우며 대가 없이 좋아하는 방법을 배운다.

고백할까 말까.

좋아한다고 말할까 말까.

내가 너에게 고백해도 될까.

오늘부터 1일

얼떨결에 너를 좋아한다고 말해버렸다. 그런데 너도 나를 좋아한다고 했다. 내가 너에게 서서히 빠져들 때쯤, 너도 나에게 관심이 생기기 시작했단다. 짝사랑인 줄만 알았던 내 마음이 일방통행이 아니었다니. 너도 나와 같은 마음이었다는 게 믿기지 않았다. 지구 반대편에 서 있는 것처럼 한없이 멀게만 느껴지던 네가 성큼성큼 걸어 나에게로 왔다. 어제와 다를 것 하나 없는 오늘, 우리는 "사귀자."라는 말 한마디로 세상에서 가장 가까운 사이가 되었다.

잠은 잘 잤냐고, 밥은 챙겨 먹었냐고, 오늘 기분은 어땠냐고. 네가 뭐 하고 있는지 궁금하면 언제든지 연락해서 물어볼 수 있고, 보고 싶으면 보고 싶다고 당당하게 말할 수 있다. 이제 너를 마음껏 좋아할 수 있다. 과속방지턱 앞에서 조심스럽게 속력을 낮추던 내 사랑에 한계를 두지 않아도 된다. 혼자 가슴 속에 고이 눌러왔던 울퉁불퉁한 감정이 드디어 오늘부로 봉인 해제되었다.

이날이 오기만을 간절하게 바라왔지만, 막상 현실이 되니 기대와는 다르게 복합적인 감정이 들었다. 우리가 앞으로 그려나갈 나날들을 상상하다 보면 너무 기뻐서, 너무 행복해서 무서웠다. 생각해 보면 나는 항상 그랬다. 불행할 때보다 행복할 때 더 불안했다. 행복 뒤에 찾아오는 허전함과 공허함을 견딜 자신이 없었다. 이 행복이 한순간에 깨질지도 모른다는 생각에 지레 겁먹곤 했다.

오늘만큼은 마냥 행복하기만 한 감정으로 하루를 채우고 싶었다. 너와의 새로운 출발을 좋은 기억으로만 남기고 싶었다. 걱정은 잠시 접어두고 선물 같은 하루에 몸을 맡겨보기로 했다. 다신 돌아오지 않을 소중한 순간을, 이 기분을 만끽하기로 했다. 디데이 앱을 깔아 오늘의 날짜를 입력하고 확인 버튼을 누르니 1일이라는 숫자가 핸드폰 화면을 채웠다. 점점 너와의 연애가 실감이 나기 시작했다.

오늘부터 우리는 연애를 시작한다. 우리는 과연 어떤 사랑을 하게 될까. 너와 하고 싶은 게 너무나도 많다. 말없이 손을 잡고 걷는다거나, 벤치에 나란히 앉아 저물어 가는 해를 바라본다거나. 흩날리는 바람이 구름을 스치는 순간, 고개를 내미는 수줍은 달빛에 너와 나의 시선을 살며시 포개고 싶다. 마치 교환 일기 쓰듯 어제의 감정과 오늘의 생각들을 공유하고 싶다. 일기의 마지막 한 줄을 너로 마무리하고 싶다. 오늘 날씨는 흐림이어도 좌절하지 않고 내일의 맑음을 함께 기대하면서 다음 페이지로 넘어가고 싶다.

어제와 다를 것 하나 없는 오늘,

우리는 '사귀자'라는 말 한마디로
세상에서 가장 가까운 사이가 되었다.

이 상 형

아주 어릴 땐 아빠 같은 사람이 내 이상형이었다. 첫 연애를 시작할 때는 나와 정반대 성향을 가진 사람이 이상형인 줄 알았고, 첫 이별을 경험하고 나서는 나와 비슷한 사람을 이상형으로 꿈꿨다. 내 이상형의 기준은 비교적 일관적이지 못했다. 이걸 이상형이 있다고 해야 하는지, 없다고 해야 하는지.

사실 지금까지도 이상형의 의미를 완전히 이해하지 못하고 있는 것 같다. 얼굴이 어떻게 생겼으면 좋겠다거나, 키가 어느 정도였으면 좋겠다거나, 나이 차이는 3살 정도가 적당할 것 같다거나, 안정적인 직장에 다니는 사람이었으면 좋겠다거나. 좋아하는 감정에 조건이 붙는 게, 좋아하기도 전에 좋아할 사람을 미리 그려놓는 게 가능한 일인가.

나는 사랑에 빠지면 좋아하는 상대의 존재를 이상화하곤 했다. 이상형인 사람을 좋아하는 것이 아니라, 좋아하는 사람이 이상형이 되었다. 두근거리는 감정의 소리를 따라 나의 이상형을 그 사람의 모양에 맞춰 다듬었다. 원래 내가 바라던 이상형이 그 사람이었던 것처럼 말이다. 세상이 그 사람 중심으로 돌아가는 것 같았다. 장단점의 기준이 몽땅 허물어지고 상대가 가진 모든 것이 함께 좋아졌다.

이상형의 주인공이 누가 될지는 나도 몰랐다. 뜻밖의 인물이 '짠'하고 나타나기도 했고, 몇 년간 알고 지내던 사람이 자연스럽게 스며들어 오기도 했다. 그렇게 상대의 내면에 빠지고 나면 한마디로 말해 콩깍지가 제대로 씌었다. 얼마나 두껍고 단단한지, 옆에서 아무리 뭐라 해도 잘 벗겨지지 않았다.

그러나 나이가 들고 결혼할 시기가 다가올수록 사랑만으로 상대에게 직진하는 것은 불가능했다. 현실적인 조건들이 따라붙기 시작했고, 서로의 조건에 부합하는 사람만이 잠정적 연애 상대가 될 수 있었다. 서로 맞춰가려고 노력하기보다는 처음부터 나를 이해해 줄 수 있는 상대를 찾아 헤매야 했다. 사랑의 본질은 사라지고 껍데기만 남은 것 같았다. 사랑을 시작하기도 전에 현실의 벽에 가로막혀야 한다니.

그렇다고 현실적인 부분이 중요하지 않다는 것은 절대 아니다. 많은 연인들이 순수한 사랑의 감정으로 시작해서 현실적인 이유로 헤어짐을 선택하기도 하니까. 당연한 사실이지만, 그래서 더 슬프다. 사랑만으로 사랑할 수 있는 사랑을 하고 싶은데. 이젠 나도 그럴 수가 없는 사람이 되어가고 있는 것 같아서. 그런 사랑에 벌써 어느 정도는 익숙해져 버린 것 같아서.

두근거리는 감정의 소리를 따라,

그 사람의 모양에 맞춰 다듬었다.

왜 그렇게 다퉜을까,
사랑하면서.

우리는 지겹게도 싸웠다. 정말 지긋지긋할 만큼. 다시 연락하지 말라는 말을 몇 번이나 했는지 셀 수도 없다. 지금 이 말이 너를 얼마나 아프게 할지 알면서도 아랑곳하지 않고 말했다. 좋을 땐 내가 가진 모든 걸 다 줄 수 있을 것처럼 굴었지만, 다투기만 하면 원수보다 못한 사이처럼 서로를 미워했다. 내가 하는 말을 넌 알아듣지 못했고, 네가 하는 말을 난 이해할 생각이 없었다. 우리는 소통 불가였다.

"헤어져. 이제 진짜 너랑 마지막이야." 비겁하게 이별을 무기로 쓰기도 했다. 사실은 네가 나를 더 사랑해 주길 바랐던 거였는데. 나만 바라봐 줬으면 하는 욕심이었는데. 서운한 감정과 뒤섞여 마음에도 없는 말로 너를 할퀴었다. 그렇게라도 너의 마음을 확인하고 싶었다. 그만하자고 말하면서도 네가 내 말을 그대로 받아들이지 않았으면 했다. 밀어내고 있는 건 나인데, 네가 다가와 주길 바랐다.

사랑은 알고 싶지 않던 내 모습을 자꾸만 알게 한다. 미숙하기만 한 사랑 안에서 나는 사랑의 바보가 된다. 솔직한 감정을 밖으로 꺼내는 게 서툴고, 갈등과 마주치면 도망 다니기 바쁘다. 모든 걸 다 알고 시작해도 어려운 게 사랑인데. 나는 나를 모르고 너를 사랑했다. 아직도 내 감정하나 제대로 설명 못 하는데 어떻게 너에게 확신을 줄 수 있을까. 나는 아직 너를 사랑할 준비가 덜 된 것 같다. 너를 좋아하는 게 미안해진다.

"나는 너랑 헤어지기 싫어. 그러니까 나 좀 꽉 붙잡아줘." 이 말이 뭐가 그렇게 어려웠을까. 왜 나는 너에게 솔직하지 못했을까. 내가 사랑을 너무 얕본 걸까. 아니면 나를 과대평가한 걸까. 결국 나도 사랑 앞에서 아무런 힘도 못 쓰는 한낱 무력한 존재였던 걸까. 내 못난 모습을 그대로 비추는 너에게서 달아나려 했다. 네가 먼저 나를 떠나기 전에, 내가 떠나려 했다. 더 후회하기 전에, 더 미련 남기 전에 끊어내려 했다. 그러나 나는 너를 떠날 수가 없었다. 멈춰야 하는 게 맞는 것 같은데, 차마 마음이 떨어지지 않았다.

네가 어려운 건지, 사랑이 어려운 건지. 사랑을 하고 싶은데, 너를 사랑하고 싶은데. 너를 어떻게 사랑해야 하는 건지 도저히 모르겠다. 네가 너무 좋은데 밉다. 너를 너무 원하는데 놓고 싶다. 너와 맞춰가고 싶은데 맞춰갈 자신이 없다. 노력하고 싶은데 노력이 의미가 있을까 싶다. 나는 너를 사랑하긴 하는 걸까. 너는 이런 나를 사랑할 수 있을까. 우리는 과연 사랑할 준비가 된 걸까. 이젠 정말 모르겠다. 진짜로 모르겠다.

네가 너무 좋은데 밉다.

너를 너무 원하는데 놓고 싶다.

이별의 신호

사랑하는 사람과의 관계에서 오해를 이해하는 방법은 생각보다 어렵지 않다. 이유가 없어도 이해가되는 게 사랑이 가진 힘이기에, 상대도 나도 자연스럽게 자신의 입장을 내려놓고 타협점을 찾아가게된다. 물론 그 과정에서 마찰이 생길 수도 있지만, 비 온 뒤에 땅이 굳어지듯 이음새에 생긴 균열은 관계를 더 끈끈하게 만들어 주기도 한다.

말하지 않아도 서로를 있는 그대로 이해하고 받아들일 수 있는 마음이 사랑인 줄 알았다. 노력하는관계는 언젠간 지치기 마련이니까. 이해가 되는 게아니라 이해를 해야 하는 순간이 오면 어김없이 나를 탓했다. 너를 향한 내 사랑의 크기가 부족해서 그런 거라고. 사랑한다면 이해해야 한다고, 서운해할 필요 없다고. 내가 느끼는 미세한 감정들은 항상 뒷전이었다.

그저 좋아하기만도 바쁜 게 사랑이지 않냐고. 사랑 앞에 자존심이 뭐가 대수냐고. 부정적인 감정은 사랑을 방해하는 장애물이라고 생각했다. 좋은 말, 좋은 표정, 좋은 기억이 많이 쌓일수록 좋은 사랑과 가까워질 줄 알았다. 그런데 참 이상했다. 내가 꿈꾸던 완전한 사랑을 추구할수록 너와 더 멀어지는 기분이 들었다. 저 뒤로 미뤄두었던 감정들이 너와 나 사이에 틈을 만들어 내고 있었다.

혼자 생각하고, 혼자 판단하고, 혼자 결정했다. 너에게 실망하기 싫어서 기대조차 하지 않았다. 서로 기분 상할 일을 만들 바에야 나만 참으면 된다고, 그게 너와 나를 위한 일이라고 착각했다. 그러나 그건 나의 오만이었다. 스스로 확신이 부족했던 것을 상대의 탓으로 떠넘겼다. 아무도 날 이해하지 못할 거라고, 그러니까 내가 참는 수밖에 없다고. 사실은 내 감정이 외면당할까 봐 두려웠던 거면서, 상처받기 싫었던 거면서.

그렇게 나는 너에게 천천히 이별의 신호를 보내고 있었다. 제풀에 지친 마음은 혼자 끓어오르다가 서서히 식어갔다. 조금만 덜 피했더라면, 조금만 더 표현했더라면. 적어도 지금보다는 나은 결말이 오지 않았을까. 비어있는 퍼즐을 채워주는 건 맞물리는 작은 조각인 걸 알면서 왜 난 혼자서 다 채우려 했을까. 나는 사랑에 어떤 환상을 품었던 걸까. 나에게 어떤 기대를 걸었던 걸까.

조금만 덜 피했더라면,

조금만 더 표현했더라면.

헤어지고 싶은 사람

어디서부터 어떻게 말을 꺼내야 할지 모르겠다. 너
와의 이별을 준비하고 있었단 사실을 말이다. 갑자
기 변한 내 모습에 너는 당황한 표정을 지었다. 나
도 이런 내 마음이 원망스럽기만 하다. 너와의 약속
을 끝까지 지키지 못하고 나 혼자 이별을 다짐해 온
것 같아서, 너는 아직 받아들일 준비가 되지 않은
것 같아서 차마 입이 떨어지지 않는다.

이럴 거면 시작하지를 말았어야 했는데. 너와 잘 헤
쳐 나가 보겠다고 약속하지 않았어야 했는데. 이제
와서 한다는 후회가 너와의 만남이라니. 너에게 마
음이 식은 건지, 너와 함께 있는 내 모습이 별로인

건지 알 수는 없다. 적어도 지금은 나의 모든 순간
이 싫다. 내가 문제다. 다 내 잘못이다. 밀려오는 죄
책감에 이별을 고할 수가 없다. 내가 이별을 말할
자격이나 있나 싶다. 네가 이별을 받아들일 준비가
될 때까지 기다리는 수밖에.

너는 모든 걸 알고 있으면서 알고 싶지 않아 하는
것 같았다. 이 상황을 애써 외면하고 싶은 너의 심
정도 이해는 갔다. 그래서 더 아무 말도 할 수가 없
었다. 우리는 서로의 마음을 모르는 척하며 평소와
다를 것 없이 지냈다. 한때는 시간 가는 줄 모르고
대화하던 우리였는데. 대화는 눈에 띄게 줄어들었
고 무의미한 시간만 흐르고 있었다. 나는 말없이 너
를 바라보았고 너는 나의 두 눈을 피했다.

정말로 그만하고 싶을 땐 그만하자는 말이 나오지
않는다. 너에게 아무런 감정이 남아있지 않다는 걸
들키고 싶지 않아서일까. 상처를 줄 수밖에 없는 사
람도 상처받는 사람만큼이나 괴롭고 힘들다. 불편

하지도 편하지도 않은 대화를 주고받던 우리는 점점 지쳐갔다. 너와 보내는 시간이 전처럼 더 이상 즐겁지 않았다. 차라리 화라도 나면 싸우고 화해하며 풀기라도 할 텐데. 우리 사이엔 아무런 문제가 없었다. 그래서 문제였다. 시간은 계속 흐르는데 너와 나는 그 자리에 그대로 멈춰있었다.

우리는 서로에게 바라는 게 달랐다. 너는 너만의 이유가 있었을 테고, 나도 나만의 이유가 있었다. 너는 맞지 않는 부분을 서로 노력하며 맞춰가길 바랐지만, 나는 노력하는 관계는 나와는 맞지 않다며 놓아주길 바랐다. 마음이 남아있는 쪽은 어떻게든 관계를 다시 시작해 보려 하지만, 마음이 사라진 쪽은 아무리 노력해봤자 소용없다고 한다. 어차피 결과는 뻔할 거라고 노력할 의지조차 사라지게 만든다.

나는 너에게 물었다. 우리 이대로 괜찮겠냐고. 괜찮다고 말하는 네 대답에 다시 물었다. 정말 그렇게 생각하냐고. 헤어짐을 원치 않는 사람에게 이별이라는 선택지를 쥐여주는 것만큼 잔인한 게 있을까. 너는 나와 이별할 생각이 없었다. 그런 너에게 예쁘게 포장된 말은 너를 더 아프게만 할 테니. 결국 나는 단호하게 이별을 말했다. 너는 붙잡았고 나는 돌아섰다. 아름다운 이별 같은 건 없었다. 우리의 결말은 그냥 이별이었다.

아름다운 이별 같은 건 없었다.

우리의 결말은 그냥 이별이었다.

붙잡고 싶은 사람

너는 언제부터 나와의 이별을 생각한 걸까. 나는 그
것도 모르고 너와 함께할 행복한 미래만 그리고 있
었다. 갑자기 변한 네 모습이 낯설기만 하다. 솔직히
말해서 조금 원망스럽기도 하다. 함께 나눈 수많은
약속은 이제 나 혼자 지켜야 할 것 같다. 나는 아직
너를 떠나보낼 준비가 안 됐는데 너는 떠날 준비를
이미 마친 것 같다.

이럴 거면 사랑한다고 하지를 말지. 나와 잘 헤쳐
나가보겠다고 약속하지 말았어야지. 나는 아직도
너와의 추억 속에 살고 있는데. 왜 나만 여기 남겨
놓고 너 혼자 떠나려고 하는 건지 물어보고 싶었지

만, 그럴 수가 없었다. 물어보는 순간 네가 덥석 이별을 말할 것 같아서 물어볼 수가 없었다. 내가 문제다. 다 내 잘못이다. 밀려오는 후회에 이별을 받아들일 수가 없었다. 너의 마음을 다 알면서도 애써 외면했다.

나는 모든 걸 눈치채고 있었지만 더는 알려고 하지 않았다. 다 알아버리면 우리의 사랑에 마침표를 찍어야 하니까. 아직 너를 잃을 자신이 없는 내 마음을 너도 아는지, 너는 나를 기다려 주는 듯했다. 그러나 너는 눈으로 말하고 있었다. 우리는 이미 끝났다고. 이제 너도 그만 받아들이라고. 어쩌다 우리가 이렇게 된 걸까. 이별이 시작되고 있었던 걸 왜 나는 몰랐을까. 어디서부터 잘못된 걸까. 너는 말없이 나를 바라보았고, 나는 너의 두 눈을 피했다.

나는 너에게 바라는 게 없었다. 네가 아무 말을 하지 않아도 있는 그대로 이해하고 받아들일 수 있었으니까. 이해하지 못할 게 없었으니까. 나는 너에게 정말 원하는 게 없는데, 너는 우리가 서로 원하는 게 다른 것 같다고 했다. 나는 너를 이해하는데, 너는 나를 이해할 자신이 없다며 미안하다고 했다. 나는 우리가 맞춰갈 게 없다고 생각했는데, 너는 우리가 잘 맞지 않는 것 같다고 했다. 나는 아직도 네가 좋기만 한데, 너는 내가 싫진 않다고 했다. 사실 나도 다 안다. 이 모든 말이 헤어지자는 뜻이라는 걸.

너는 나에게 물었다. 우리 이대로 괜찮겠냐고. 나는 괜찮다고 했다. 우리가 뭐가 문제냐고, 다 괜찮다고 재차 말했다. 괜찮다고 말하는 내 대답에 너는 다시 물었다. 정말 그렇게 생각하냐고. 너의 마음은 이미 정해진 듯했다. 너는 왜 나를 떠나려고 하는 걸까. 왜 노력할 기회조차 주지 않는 걸까. 이별하고 싶은 사람은 따로 있는데, 왜 나에게 이별을 말하라고 하는 건지. 너도 참 끝까지 잔인하다. 다시 노력해 보자는 내 말에 너는 단호하게 이별을 말했다. 나는 붙잡았고 너는 돌아섰다. 영원한 사랑 같은 건 없었다. 우리의 결말은 결국 이별이었다.

영원한 사랑 같은 건 없었다.

우리의 결말은 결국 이별이었다.

사랑 후에 남겨진 것들

자꾸만 뒤를 돌아보고 싶다면 아직 이별을 받아들일 준비가 덜 된 거겠지. 관계의 끝과 이별은 별개의 영역이니까. 두 사람의 마음은 각자 다른 온도로 끓기에. 누군가는 아직 감정이 남은 채로 끝이 나버린 관계의 부스러기들을 혼자 청소해야 한다. 최선을 다하지 못한 자의 후회는 미련으로 남아 이미 끝나버린 사랑 안에 외롭게 갇힌다.

이별은 둘에서 하나가 되는 게 아니다. 하나에서 반쪽짜리로 남게 되는 것이다. 너를 더 이상 볼 수 없다는 그리움이 다가 아니라, 너와 같이 있을 때만 볼 수 있었던 내 모습도 함께 잃어버리게 된다. 그래서 이별이 힘들다. 사라진 나를 되찾아야 하는데 너 없이는 안 될 것만 같아서. 당장의 공허함을 달래줄 수 있는 사람은 너뿐이라서 돌릴 수 없는 끝을 외면하게 된다.

이별을 맞이하는 내 감정의 폭은 잔잔한 물결처럼 차분했다. 상대가 밉지도 않았고 이별해야 하는 상황이 슬프지도 않았다. 끝을 실감하지 못했는지, 끝이 아니라고 생각했는지 그건 잘 모르겠다. 어차피 과거의 나는 지금의 나와 다른 차원에 머무는 존재고 돌아갈 수도 없으니까. 달라질 게 없었기에 후회는 사치라고 생각했다. 설령 돌아갈 수 있다고 해도 나는 지금과 똑같은 선택을 했을테니 말이다.

나는 멈춰버린 사랑에 셔터를 누르고 기억에 남는 순간들을 인화했다. 인화된 추억의 사진들은 빛이 바래질 때까지 기억의 창고에 소중히 보관했다. 시간의 순서대로 차례차례 끼워 놓고 과거의 내 모습이 그리워질 때면 가끔 꺼내보곤 했다. 그냥 그

뿐이었다. 그때의 내가 없었다면 지금의 나도 없을 테니.

나에게 이별은 관계를 정리하는 것이 아니라 추억하는 것이었다. 그리우면 그리워하고 추억하고 싶으면 추억했다. 그 사람과 만나 사랑하지 않았더라면, 평생 모르고 지나쳤을 수도 있었던 내 모습들을 알게 해준 고마운 사람이라는 사실까지 지우고 싶지는 않았다. 짙은 감정의 농도도 시간이 흐르면 알아서 점점 옅어질 거라고 믿었다. 그때쯤이면 새로운 사랑이 알아서 제 발로 찾아오겠지. 없으면 그것 또한 내 운명이겠지.

진정한 이별은 미숙했던 나를 탓하지 않고 받아들일 수 있을 때 찾아온다. 미련 없이 내려놓을 줄 아는 용기는 사랑에 최선을 다한 자에게만 주어진다. 나는 그 특권을 놓치지 않기 위해 매 순간 내 감정에 최선을 다했다. 우리가 바라는 게 사랑이든 이별이든 그 어떤 쪽의 선택도 후회하지 않기 위해서 말

이다. 그렇게 생각할 수 있는 마음이라면 사랑도 이
별도 더 이상 두려울 게 없다.

나는 멈춰버린 사랑에 셔터를 누르고

기억에 남는 순간들을 인화했다.

그럼에도 또다시 사랑할 것

사랑은 영원할 수 없다는 사람들의 말을 믿지 않았다. 사랑할 준비가 되지 않은 사람들끼리 만나, 제대로 사랑해 본 적이 없어서 투정 부리는 거라고 생각했다. "남자 여자가 다 거기서 거기고, 사랑이 다 거기서 거기지."라는 말에 겉으로는 맞장구쳤지만, 속으로는 제발 아니길 바라는 마음이었다. 어릴 때는 결혼이 사랑의 마지막 목적지인 줄 알았는데 현실은 그렇지 않은 것 같았다. 사랑인 줄 알고 연애를 시작했더니 사랑이 아니었고, 누군가에게는 연애가 결혼하기 위해 거쳐 가는 수단에 불과했다.

연애를 하면 할수록 사랑을 약속하는 관계가 부담

스럽게 느껴지기 시작했다. 사랑을 약속했다는 이 유만으로 더 노력할 수 있음에도 불구하고 노력하지 않는 마음이 사랑이 맞는 걸까. 연인이라는 관계를 방패로 변치 않는 사랑을 바라는 게 족쇄처럼 느껴졌다. 파랑새를 새장에 가둬두고 나만 바라봐 주길 바라는 마음이 어떻게 사랑일 수 있을까.

사랑을 지나치게 탐낸 것이 문제였을까. 나의 허기진 마음을 충족시켜 줄 수 있는 사람을 찾아다녔지만, 간절히 바랄수록 멀어지는 게 인생이라고 했던가. 그런 사람은 끝내 내 눈앞에 나타나지 않았다. 사랑이 인생의 목표나 다름없었는데. 내가 여태 고집해 오던 사랑의 기준이 조금씩 흔들리기 시작했다. 구속된 관계에서 벗어나 자유로운 마음으로도 서로를 마주 볼 수 있는 게 사랑이라 생각했는데. 그런 사람과 평생을 동반자로 살아가는 게 내가 원하는 사랑이었는데.

누군가가 나에게 물었다. 좋아하는 것과 사랑하는

것의 차이가 무엇인 것 같냐고. 나는 방향의 차이인 것 같다고 대답했다. 누군가를 좋아하면 그 사람으로 인해 내가 행복해지는 기분이 든다고. 상대의 감정보다 내가 상대를 좋아하는 감정에 더 몰입하게 된다고. 그러나 좋아하는 감정이 미끄럼틀을 타고 사랑으로 넘어가는 순간, 감정의 방향이 바뀐다고. 나로 인해 그 사람이 행복해지길 바라게 된다고. 내 감정보다 상대의 감정을 먼저 들여다보게 된다고. 내가 느끼는 감정만큼 상대의 감정을 존중할 수 있을 때 사랑이 시작된다고 믿었다.

그러나 너와 있으면 모든 게 모호해졌다. 어떤 감정인지 들여다볼 겨를조차 없이 너는 나를 들었다 놨다 했다. 정말 신기하게도 우리는 대부분의 순간을 하나가 되어 같은 정도의 감정을 느꼈다. 너와 나는 서로에게 느끼는 마음의 온도가 비슷했다. 그것도 뜨겁게 말이다. 우리의 사랑은 끓어오를 일밖에 없었다. 좋아함과 사랑함의 경계가 허물어진 듯했다. 내가 느끼는 행복이 곧 너의 행복이었고, 네가 느끼는 불행이 곧 나의 불행이었다. 나의 욕구에 초점을 두고 본능대로 말하고 행동해도 전부 너를 위한 것들이었다. 그리고 너는 나의 그런 모습에 사랑을 느낀다고 말했다. 나는 그런 너를 보며 또 사랑을 느꼈다.

사랑은 아름답고, 성숙하고, 헌신적인 게 아니다. 사랑은 그냥 사랑이다. 세상 어떤 말로도 형용할 수 없는 게, 대신할 수 없는 게 사랑이다. 그저 아름답기만 한 게 사랑일까. 아니, 사랑은 모났다. 적당히 공허하고, 적당히 외롭고, 적당히 아프고, 적당히 서글픈 게 사랑이다. 그게 사랑인 걸 알면서도 빠지는 게 사랑이다. 나와 비슷한 마음으로 사랑할 수 있는 사람을 만나는 건 쉽지 않은 일이다. 서로의 마음을 재지 않고 그저 그 자리에 머무르길 바라는 마음도 혼자서는 이뤄낼 수 없다는 것을 이제는 안다. 그래도 나는 여전히 영원한 사랑을 꿈꾼다. 완벽한 사랑으로 하나가 되는 게 아닌, 불완전한 우리로 완전해질 수 있기를.

완벽한 사랑으로 하나가 되는 게 아닌,

불완전한 우리로 완전해질 수 있기를.

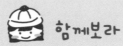

함께보라

당신의 이야기로 채워주세요

Part 4

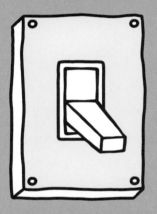

인생,

답을 찾는 모든 시간

운 수 나 쁜 날

"짹짹." 창밖에서 들려오는 새소리에 눈이 저절로 떠졌다. 암막 커튼 사이를 비집고 들어온 한 줄기 햇빛이 내 왼쪽 뺨을 어루만졌다. 원래대로라면 알람 소리와 한참을 싸우다 겨우 무거운 몸을 일으키는데, 그날은 수상할 정도로 아침에 일어나는 게 그리 힘들지 않았다. 실컷 잘 만큼 자다 일어난 것처럼 말이다. 왜 알람 소리가 들리지 않았는지 의문이 들 때쯤, 방 안을 채우던 햇살의 따뜻한 온기는 금세 사라지고 싸늘한 냉기가 맴돌기 시작했다. 아, 왜 불길한 예감은 빗나가지 않는가. 그렇다. 늦잠이었다.

나는 이불을 걷어차고 화장실로 부리나케 달려갔다. 세면대 위에 있던 젖은 고무줄로 머리를 질끈 묶고 차가운 물로 세수부터 했다. 머리에 대충 물만 묻히고 얼른 칫솔을 집어 들었다. 이런, 힘 조절에 실패해 치약을 듬뿍 짜버렸지만, 덜어낼 시간도 없었다. 치약으로 뒤덮인 칫솔을 입에 물고 옷장으로 향했다. 매운 치약 맛에 눈물이 핑 돌았다. 정신을 차리고 시계를 보니 벌써 10분이 지나 있었다.

거울을 보니 꼴이 말이 아니었다. 누가 봐도 이마에 "나 늦잠 잤어요."라고 써둔 것 같았다. 옷장 안에서 가장 눈에 띄는 상의를 아무거나 꺼내 입고, 하의는 의자 위에 벗어둔 청바지를 그대로 입었다. 로션이랑 선크림만 바르고 화장품 몇 개를 챙겨 가방에 쑤셔 넣었다. 신발을 구겨 신고 문밖을 나서려는 순간 양말을 짝짝이로 신은 것을 발견했다. "하…" 짧은 탄식과 함께 신발을 절대 벗지 않겠다고 다짐하며 지하철역까지 숨도 고르지 않고 헐레벌떡 뛰어갔다.

정신없이 서두른 덕분에 지하철역에는 생각보다 일찍 도착했다. 안도의 한숨을 내쉬며 역 안으로 들어가는 순간 차가운 무언가가 내 머리 위로 후두두 떨어졌다. 빗방울이었다. 엎친 데 덮친 격으로 비까지 오기 시작했다. 혹시나 하는 마음에 가방을 뒤져보지만, 우산은커녕 머리 위로 덮어쓸 종이 한 장 없다. "하늘이시여. 대체 왜 나에게 이런 시련을." 잠깐 이성을 잃고 세상을 탓하려다가 나오기 전에 날씨조차 확인하지 않은 나를 탓하기로 했다.

일단 급한 대로 지하철역 안에 있는 편의점에서 우산을 비싸게 주고 샀다. 이런 식으로 집에 쌓인 우산만 몇 개인지, 이제 한 손으로 셀 수도 없다. 그래도 지각은 면할 수 있으니 불행 중 다행이라고 생각하려던 찰나에 또 다른 문제가 불거졌다. 내가 타려고 기다리던 지하철이 신호 문제로 10분가량 운행이 지연된다는 것이다. 그렇게 되면 지각은 확정이었다. 어차피 늦을 거면 서두르지나 말고 우산이라도 챙겨올걸. 갑자기 짜증이 확 치밀어 올랐다. 온

몸에 짜증 바이러스가 퍼지기 시작했다.

그날의 불운은 거기서 끝나지 않았다. 새로 산 우
산이 어딘가 하자가 있었는지, 우산살이 제대로 펴
지지 않길래 손을 좀 보려다가 철사 사이에 손가락
을 집히고 만 것이다. 소리가 입 밖으로 나오지 않
을 정도로 아팠지만, 아픈 것보다 서러운 감정이 더
컸다. 도로 위를 바쁘게 미끄러지는 자동차 바퀴는
눈치도 없이 나를 조준해서 빗물 분수를 흩뿌렸다.
쏟아져 내리는 빗물의 여파로 바지 밑단은 이미 무
릎까지 축축해져 있었다. 그것도 모자라 코앞에 있
던 물웅덩이를 보지 못하고 퐁당 밟아버리는 바람
에 신발은 흙탕물 범벅이 되었다.

유난히 운수가 좋지 않았던 그날. 11월 27일. 얼마
나 인상적이었으면 달력에 따로 표시도 하지 않았
는데 아직도 날짜가 정확히 기억난다. 뒤죽박죽 어
지럽혀진 기억의 서랍을 뒤적여 보지 않아도 비가
오는 날이면 그날이 문득문득 떠오르곤 했다. 그래

도 사람은 망각의 동물이라고, 힘들었던 감정은 다 어디 가고 실없는 웃음만 새어 나왔다. 가끔 삶이 버거운 날에는 그날을 떠올리며 오늘의 하루를 다독이기도 했다. "그래. 그런 날도 있었는데, 오늘이라고 뭐 별거겠어."

지나고 보면 별거 같던 일들이 별것 아니다. 눈물 나게 슬펐던 순간도, 눈부시게 좋았던 순간도 감쪽같이 지나간다. 삶이 무기력하게 느껴지고 악순환이 반복되는 것 같을 땐, 인생의 그래프를 물결 모양으로 그려본다. 그리고 생각한다. "지금은 잠깐 아래쪽 곡선을 지나가고 있구나. 조금만 기다리면 다시 올라갈 일만 남았겠구나." 하고 말이다. 인생은 오르막길과 내리막길의 반복이니까. 내리막길을 잘 내려가야 또 올라갈 힘이 생기니까.

눈물 나게 슬펐던 순간도

눈부시게 좋았던 순간도

감쪽같이 지나간다.

엄마의 취미

어느 날, 엄마에게 사진 한 장과 함께 메시지가 왔다. 요즘 푹 빠진 취미가 생겼다며, 사진 속에는 엄마가 직접 뜨개질로 뜬 가방의 모습이 담겨 있었다. "이제는 엄마도 하고 싶은 거 하고 살아."라는 내 말에 "됐어. 이 나이에 주책맞게 이제 와서 뭘." 하며 언제나 시큰둥하게 대답했던 엄마였기에, 그날의 연락은 여간 반가운 소식이 아닐 수 없었다. 평생을 가족만 바라보고 사느라 자신은 늘 뒷전이었던 엄마에게 취미가 생겼다니. 오로지 자신만을 위한, 자신의 행복만을 위한 시간이 생겼다니.

엄마는 램프의 요정 '지니'처럼 원하는 걸 말만 하

면 유튜브 영상만 보고도 후딱후딱 만들어냈다. 원
래도 손재주가 좋으신 편이라는 건 알긴 알았지만,
아무리 봐도 취미로 만족할 만한 수준이 아니었다.
처음 해보는 솜씨가 아닌 것 같아 예전에 배운 적이
라도 있는 거냐고 물어봤더니, "엄마가 어릴 때 학
교 마치고 집으로 돌아오면 네 외할머니 옆에 꼭 붙
어서 뜨개질을 배웠었거든. 세월이 많이 흘러서 다
잊은 줄 알았는데 몸이 아직 기억하네."라는 대답
과 함께 희미한 미소를 지어 보였다.

"엄마는 어릴 때 꿈 같은 거 없었어?"라고 물어볼
때마다 엄마는 "현모양처."라고 대답했다. 지금도
그 꿈은 유효하다는 말씀까지 까먹지 않고 꼭 덧붙
이면서 말이다. 엄마가 되기도 전에 엄마를 꿈꾸는
건 어떤 마음일까. 엄마로 살아가는 것만으로도 충
분히 벅찼을 텐데. 아직도 더 좋은 엄마를 꿈꾸다
니. 비혼주의까지는 아니지만, 아이를 낳을 생각이
없는 나는 엄마의 마음이 짐작조차 가지 않았다.
내 몸 하나 건사하기도 이렇게 버겁고 힘든데. 엄마

는 어떻게 언니, 오빠, 나까지 세 명의 아이를 낳고 현모양처를 꿈꾸는 걸까. 나였으면 진절머리가 났을 것 같은데 말이다.

"너는 엄마처럼 일찍 결혼해서 애 낳지 말고 되도록 늦게 결혼해. 뭐, 안 하면 더 좋고." 엄마는 농담 반 진담 반으로 다시 태어나면 혼자 살 거라고 말했다. 한 번쯤은 하고 싶은 거 마음대로 하면서, 온갖 구속으로부터 해방된 자유를 누리며 사는 그런 삶을 살아보고 싶다고 했다. 말은 그렇게 했지만, 진심이 아니라는 것은 잘 안다. 가족들과 함께 있을 때 가장 행복한 미소를 짓는 엄마의 모습을 알기에. 그러나 무슨 의미로 나에게 그런 말을 했는지 또한 이해할 것 같다. 선택보다 포기에 익숙해져야 하는 게 엄마의 삶이니까. 엄마로 살아간다는 건 그런 거니까. 자식들만큼은 자신이 원하는 삶을 살길 바라는 마음이 바로 엄마의 마음이니까.

엄마는 '엄마'가 취미이자 특기이자 꿈이었다. 한 여

자로서, 한 사람으로서의 삶보다 누군가의 엄마, 누군가의 아내가 더 익숙해져 버린 엄마에게 뜨개질은 취미 그 이상의 것이었다. 흐르는 지금을 보내기 위한 시간, 이전에 흘러간 추억을 되돌아보는 시간이었다. 어린 시절 아득히 떠오르는 기억. 이제는 돌아갈 수 없는 그리운 엄마의 품. 그리고 수십 년이 흐른 지금 스스로를 마주하는 순간. 뜨개질 한 땀 한땀 사이에는 엄마의 인생이 담겨있었다. 엄마는 뜨개질로 그동안 걸어온, 앞으로 걸어갈 인생을 뜨고 계셨다.

선택보다 포기에 익숙해져야 하는 게,

엄마의 삶이니까.
엄마로 살아간다는 건 그런 거니까.

진정한 친구는
한 명이면 충분한걸요

나에겐 나만큼 소중한 단짝 친구가 있다. 오랜만에 봐도 마치 어제 본 것처럼 반가운 친구. 점심 메뉴 고르는 걸 어려워하는 나를 위해 대신 결정해 주는 친구. 언제나 나의 선택을 믿어주고 응원해 주는 친구. 나의 앞날이 불안하지 않다고 말해주는 친구. 어떤 상황에서도 전적으로 내 편이 되어주는 친구. 삶이 지치고 힘들 때 내 생각만으로 위안이 된다고 말해주는 친구.

우리는 취향도 취미도 식성도 달랐지만, 함께 있으면 그냥 모든 순간이 특별하게 느껴졌다. 남들을 볼

때는 단점처럼 보이는 부분도 그 친구라면 다 괜찮
았다. 이해가 안 될 게 없었다. 친구와 친해지고 나
서 그런 생각이 들었다. "아, 이 친구 한 명만 있으면
더 이상의 친구는 없어도 되겠다. 인생을 살아가는
데 있어 진정한 친구는 한 명만 있어도 된다는 말이
진짜였구나." 싶었다.

"너는 커서 어떤 사람이 되고 싶어?"라고 친구에게
물어본 적이 있다. 갑작스러운 질문이었지만, 친구
는 당황하는 기색 하나 없이 "나는 교사가 되고 싶
어. 수학 선생님이나 초등학교 선생님?"이라고 대답
했다. "그러면 너는 어떤 사람이 되고 싶은데?" 친
구도 나에게 물었다. 그때까지만 해도 꿈이랄 게 없
었던 나는 뭐라고 대답할지 고민하다가 "그러게. 나
커서 뭐 하고 있을까?"라고 친구에게 다시 물었다.
친구는 잠시 생각하더니 "너는 어디에 얽매이지 않
고 하고 싶은 거 하면서 자유분방하게 삶을 즐길
것 같아. 너 좋아하는 거 하면서 말이야. 디자인이
나 그림 그리는 거나. 뭐 그런 거 하고 있을 것 같아.

왠지 내 느낌이 그래."라고 대답했다.

15년이 지난 지금, 친구는 진짜로 초등학생을 가르치는 선생님이 되었고, 나는 디자인을 본업으로 하고 그림을 부업으로 하는 N잡러가 되었다. 15년 전에 함께 나누었던 사소한 대화가 자극제가 되었던 걸까. 친구는 잘 모르겠지만, 나는 그랬던 것 같다. 길을 잃고 방황할 때마다 친구가 해줬던 말이 떠올랐던 걸 보면 말이다. 내가 뭘 해도 "너라면 잘할 거야."라고 말해주는 친구가 있어서, 한결같이 뒤에서 내 편이 되어주는 친구가 있어서 힘든 시간을 견뎌낼 수 있었다.

친구가 자주 하는 말이 있다. "10년 후의 우리가 궁금해. 우리는 원하는 것을 이루면서 살고 있을까? 그때도 우리는 함께 있겠지?"라는 말. 늘 함께 할 거라는 믿음을 주는 그 말. 나는 그 말이 참 듣기 좋았다. 멀리 떨어져 있어 자주 보지는 못했지만, 친구의 존재만으로 얼마나 큰 힘을 받았는지 모른다.

내가 혼자 있어도 외롭지 않은 이유를, 혼자서도 괜찮은 이유를 이제야 알았다. 다 친구 덕분이었다는 걸.

"이런 친구 한 명만 있어도 성공한 인생인데."에서 이런 친구를 맡고 있는 친구에게 이 글을 통해 전하고 싶은 말이 있다. 세상에 태어나줘서, 내 친구가 되어줘서 정말 고맙다고. 네가 어디에 있든, 뭘 하든 나는 온 마음 다 해 너를 응원할 거라고. 무슨 일이 있어도 항상 네 편이라고. 그러니 기쁘거나 슬픈 일이 있을 때 언제든지 나를 찾아달라고. 우리 앞으로도 평생을 함께 늙어가자고.

부 캐 시 대

나에게는 '인프제 보라'라는 부캐가 있다. 인프제 보라는 인스타그램에서 MBTI를 소재로 만화를 그리는 작가로 활동하고 있다. 내 실제 MBTI인 INFJ와 가장 좋아하는 보라색을 조합해서 만든 이름인데 "INFJ들은 보아라."라는 중의적인 뜻도 가지고 있다. 후자의 의미는 고민하다가 그럴듯하게 끼워 맞춘 거긴 하지만, 누군가 이름의 뜻을 물어보면 두 가지를 다 말하곤 한다.

부담도 기대도 없이 시작한 '인프제 보라'는 MBTI 유행에 힘입어 1년 만에 5만 명이 넘는 팔로워를 얻었다. 5만 명이 내 존재를 안다니. 이렇게 많은 관

심을 받을 거라곤 생각도 못 했다. 좋아하던 유명인
들이 내가 올린 게시물에 '좋아요'를 눌러줄 때마다
이게 현실인가 싶었다. 일상에 사소한 변화를 주고
싶어서 시작한 취미가 내 인생의 터닝 포인트가 될
줄이야. 역시 인생은 알다가도 모를 일이다.

"인프제 보라 계정을 만들게 된 특별한 계기가 있
나요?"라는 질문을 DM으로 여러 번 받았는데, 처
음 질문을 받았을 때는 "복잡한 내 머릿속을 비울
공간이 필요해서"라고 답했다. 그리고 두 번째로 질
문을 받았을 때는 "나와 비슷한 생각을 하는 사람
들과 소통하고 싶어서"라고 답했다. 세 번째로 질문
을 받았을 때는 "자아실현을 하기 위해서"라고 답
했다.

본캐도 아닌 부캐로 자아실현이라니. 20년을 넘게
나를 찾아 헤맸는데, 고작 1년 만에 부캐로 자아실
현을 경험할 수 있었다. 사람이랑 있는 게 힘들어서
피하기만 하고 살았는데, 사람으로 행복해질 수 있

다는 사람이 나라는 사람이라는 걸 부캐를 통해 깨달았다. 누군가에게 위로를 줄 수 있는 사람이 되고 싶다는 것을, 나도 위로가 절실히 필요한 사람이라는 것을 말이다.

요즘엔 부캐 만드는 게 유행이라고 한다. TV 프로그램을 봐도 유튜브를 봐도 인스타그램을 봐도 온통 부캐 열풍이다. 어쩌다가 부캐가 활약하는 시대가 오게 됐을까. 새로운 일에 도전해 보고 싶어서? 내 안의 또 다른 나를 꺼내고 싶어서? 이루지 못했던 꿈을 이루고 싶어서? 지금의 내가 마음에 들지 않아서? N잡러로 돈을 더 벌고 싶어서? 아니면 그냥 재밌어 보여서?

가짜라고 하기엔 진짜 같고, 진짜라고 하기엔 가짜 같은 내 안의 또 다른 나. 우리는 부캐를 통해 꿈만 꾸며 주저하던 것들을 용감하게 도전하기 시작했다. 원래의 나라면 감히 상상도 못 하던 것들을 말이다. 부캐로는 얼마든지 실패해도 괜찮으니까. 어설퍼도 아무도 손가락질하지 않으니까. 부캐에는 한계가 없다. 졸업장도 경력도 필요 없다. 누구나 할 수 있고 무엇이든 될 수 있다. 부캐를 만든다는 건 어쩌면 나보다 더 나 같은 나를 찾아 떠나는 여행일지도 모른다.

부캐로는 얼마든지 실패해도 괜찮으니까.

어설퍼도 아무도 손가락질 하지 않으니까.

만 족 의   기 준 선

"나는 누가 나한테 기대하는 게 싫어. 그냥 아무도 내가 뭘 하는지 몰랐으면 좋겠어. 관심받고 싶지 않아."라는 내 말에 친구는 적잖이 충격을 받은 듯했다. "일부러 못하는 척할 건 또 뭐야? 기대를 받는다는 건 그만한 가치를 가진 사람이라는 증거잖아. 너 못하는 사람한테 기대해? 잘하니까 기대하지. 나는 누가 나한테 기대하면 기분 좋던데. 동기부여도 되고." 친구의 대답을 듣고 나니, 더는 할 말이 없어 입을 꾹 다물었다.

친구는 이미 10년 뒤, 20년 뒤 미래 계획까지도 완벽하게 다 짜놓고 있었다. "진짜 저걸 한다고?"라는 생각이 들 만큼 무모해 보이는 계획도 있었지만, 친구라면 정말 이룰 수 있을 거 같았다. 친구는 한다면 하는 그런 사람이었으니까. '가진 게 많으니 이루고 싶은 게 많은 건 당연한 거지.' 반면에 나는 그 무엇도 내 것이 아니라고 생각했다. 언젠간 다 사라져 버릴 것들이라며, 아무것도 가지지 않으려고 했다. 손에 쥐지 않으면 놓칠 일도 없으니까.

나는 습관처럼 "다른 사람에게 인정받을 필요 없어. 내가 만족하면 됐어."라는 말을 하곤 했는데, 그 말의 속뜻은 "나는 만족하지만, 내가 아닌 다른 사람도 만족시킬 자신은 없어. 그래도 괜찮아. 그건 내 몫이 아니니까. 어쩔 수 없지."였다. 사실 나는 인정욕구가 꽤 강한 편이다. 사람들의 기대에 부응하고 싶고, 잘 해내고 싶고, 칭찬받고 싶다. 나에게 기대하는 게 싫은 게 아니라 실망하는 게 싫은 거다. 그게 내 진짜 속마음이었다.

나에게 만족이란 자기암시나 마찬가지였다. 타인의

기준에 흔들리지 않기 위한 나만의 작은 방어장치였던 것이다. 인정욕구가 강할수록 타인의 기준에 흔들리기 쉬우니까. 내 눈에 좋아 보였던 것도 남이 별로라 하면 안 보이던 단점이 보이기 시작했고, 관심 없던 것도 남이 좋다고 하면 괜히 좋아 보이기 시작했다. 나는 팔랑거리던 얇은 귀를 굳게 닫고 내 마음과 대화하며 나 자신을 돌아봤다. 내가 좋으면 됐다고. 내가 최선을 다했으면 됐다고.

인정욕구는 자기인정에서 시작된다. 타인에게 인정받기 전에 나에게 인정받아야 한다. 건강한 인정욕구를 가지려면 만족의 기준을 잘 세우는 게 중요하다. 타인의 기준을 참고는 하되, 내 쪽으로 살짝 기운 기준선 말이다. 무엇보다 나의 만족이 우선시 되어야 한다. 내가 익숙한 것이 좋다면 그 상태로 만족하면 되고, 지금의 나로 만족이 안 된다면 기준을 서서히 높여가면 된다. 타인의 기준에 나를 맞춰선 안 된다. 선택의 중심에는 항상 내가 있어야 한다.

타인의 기준에 나를 맞춰선 안 된다.

선택의 중심에는 항상 내가 있어야 한다.

해야 하는 것 vs 하고 싶은 것

뭐든 안 하는 것보다 하는 게 낫다지만, 정말로 안 하는 게 나은 것들도 있다. 아침에 딱 10분만 더 일찍 일어나면 되는데 이불자락을 붙잡고 뭉그적거리다 지각을 면치 못하는 순간. 할 일이 산더미처럼 쌓여있는데 핸드폰을 손에서 놓지 못하는 순간. 늦은 새벽에 라면을 끓여 먹고 곧바로 잠자리에 드는 순간. 최선의 선택이 무엇인지 알고 있음에도 최악의 선택을 한다. 머리로는 이해하는데 몸이 도저히 말을 듣지 않는다. 내 마음인데 내 마음 같지 않다. 이런저런 변명만 늘어놓으며 해야 할 것들을 방기해 버리는 꼼수만 늘어간다.

찰나의 유혹에 흔들리는 순간마다 나는 어떤 선택을 해왔을까. 이성과 감정 사이에서 누구의 손을 잡고 위로 번쩍 들어 주었을까. 나는 나를 잘 안다. 이성보다는 감정이 조금 더 앞서는 사람이라는 걸. 예술가가 영감을 얻어 작품을 만들어 내듯 마음으로 먼저 느껴야 생각을 할 수 있었다. 이성으로 내린 판단이 나에게 실질적인 이익을 가져다준다 해도 "+"가 되는 느낌이 아니라 "0"에 머물러 있는 느낌이었다. 그러나 감정으로 내린 판단은 그렇지 않았다. 좀 손해를 보더라도 내가 좋으면 좋았다.

그렇다고 감정에 무작정 이끌려 충동적으로 결정을 내리진 않았다. 생각의 길을 알려주는 나침반의 방향을 머리가 아닌 마음으로 향하게 했을 뿐. 감정의 틀 안에서는 누구보다 이성적으로 생각하려고 노력했다. 신중에 또 신중을 기울였다. 본능에서 파생된 감정을 작은 조각들로 나누어 볼 수 없었던 단면까지 끈질기게 파고들며 관찰했다. 의식적으로 때로는 무의식적으로 일어나는 엄격한 자기검열의 과정을 거쳐 통과한 감정만을 느끼도록 허락해 주었다. 그래서 내가 내린 선택에 후회를 잘 하지 않는 편이다. 다시 그때로 돌아간다 해도 같은 선택을 할 거라는 걸 아니까.

내 선택이 어떤 결과를 불러오든 하고 싶으면 했고, 하기 싫으면 안 했다. 가진 것을 잃게 된다고 하더라도 나의 마음이 가장 중요했다. "너는 좋겠다. 하고 싶은 건 다 하고 사니까." 주변 사람들은 나를 보며 제멋대로 산다고 말했다. 뭐, 틀린 말은 아니다. 하고 싶은 것을 다 하고 살았는지는 모르겠지만, 적어도 하기 싫은 것을 억지로 하지는 않았다. 약간의 청개구리 심보도 있었지만, 하고 싶던 것도 의무가 되는 순간 하고 싶지 않아졌다. 내가 나를 통제할 수 있는 상황에서 안정감을 느꼈고, 누가 나를 통제하려 하는 순간 불안함을 느꼈다.

내가 선택하고 책임지고 싶었다. 내 인생이니까. 세상이 시키는 대로 살고 싶지 않았다. 마음이 시키는 대로 살고 싶었다. 어차피 완벽하게 만족스러운 선택이란 없다. 정답이라고 생각했던 게 오답일 때가 있고, 오답이라고 생각했던 게 정답일 때가 있다. 정답은 하나도 아니고 둘도 아니다. 하고 싶은 일을 하지 말란 법도 없고, 마땅히 해야만 하는 일도 없다. 그것 또한 나의 선택에서 시작된다. 모든 건 나에게 달렸다.

하고 싶은 것을 한다는 건 나의 마음을 청소하는 일이다. 창문을 활짝 열어 내면의 방 안에 소복이 쌓인 먼지를 털어낸다. 더 이상 가지고 놀지 않는 장난감들을 걷어 내고, 나에게 안정감을 주는 애착 인형만을 남긴다. '의무'라는 굴레에서 벗어나 시간과 공간을 뛰어넘어 나만의 세계로 훌쩍 떠나는 것이다. 그곳에선 길을 헤맬 일도, 잃을 일도 없다. 내가 내딛는 걸음 하나하나가 나의 길이고, 나의 삶이니까.

내가 내딛는 걸음 하나하나가

나의 길이고 나의 삶이니까.

나는 늦게 피는 꽃이야

내가 고3이 되던 해 여름쯤, 담임 선생님께서 종이 한 장을 나눠주셨다. 종이에는 희망하는 대학과 학과를 1지망부터 6지망까지 적을 수 있는 네모난 빈 칸들이 행과 열을 이루고 있었다. "아 맞다. 나 고3이었지." 종이에 적혀있는 글자를 보자마자 정신이 확 들었다. 어쩌면 인생에서 가장 중요할지도 모르는 결정을 해야 하는 순간에 이렇게 아무 생각이 없을 수가 있다니. 지금 생각해도 참 대책 없는 나였다.

학교에서는 나를 공부하는 방법은 알려주지 않는다. 나라는 과목도, 시험도 없다. 19살이 될 때까지 내가 뭘 좋아하고, 뭘 잘하는지에 대해 한 번도 진지하게 생각해 본 적이 없었던 나는 그냥 성적에 맞춰 갈 수 있는 학교와 학과에 지원했다. 그래도 성적이 그리 나쁘진 않았던 터라 1지망과 2지망으로 지원했던 대학 모두 서류도 붙고 수능 최저도 맞췄다. "둘 중에 하나는 붙겠지." 하며 안일하게 남은 시간을 보냈던 나는 결국 무성의한 면접 준비로 최종면접에서 떨어지고야 말았다.

내 인생 처음으로 경험했던 가장 큰 실패가 바로 입시 실패였다. 예상하지 못했던 상황에 어리둥절하긴 했지만, "대학을 꼭 가야 하나?"라는 마음이 있었던 나는 떨어진 게 차라리 다행이라 생각하기도 했다. 부모님에게 "저 대학 안 가겠습니다!"라고 선언했다가 바로 재수학원에 등록 당하긴 했지만. 그때부터였다. 모든 게 꼬이기 시작한 게.

재수학원을 다니면서 깨달았다. 나는 공부와 맞지 않는 사람이라는 걸. 아니, 공부와 맞지 않다기보다 우리나라 입시제도와 맞지 않았다. 주입식 교육에 전혀 흥미를 느끼지 못했고, "답은 정해져 있고 너는 답만 하면 돼."라는 말에 원하는 답을 하고 싶지 않았다. 공부는 하기 싫고, 시간은 흘러만 가고, 친구들은 꿈을 향해 달려가는데 나만 늦은 것 같았다. 대학이고 뭐고 이 지옥 같은 순간에서 빨리 빠져나오고 싶은 마음밖에 없었기에. 나는 19살에 저질렀던 실수와 똑같은 실수를 또 저지르고야 말았다.

"남들보다 늦었으니 빨리 취업이나 해야겠다."라는 마음으로 내가 갈 수 있는 학교와 학과 중 가장 취업률이 높았던 학과에 지원했고, 그러면서 삶의 방향을 완전히 잃어버렸었다. 대학교 1학년 때는 드디어 대학에 입학했다는 사실에 마음이 놓여 아무런 대책 없이 놀기만 했다. 그렇게 한 해가 쏜살같이 지나갔고, 같이 웃고 떠들고 놀던 동기들은 다들 스펙 쌓기 정신없었다. 토익학원에, 전공 분야 자격증에, 대외활동도 모자라서 교환학생으로 해외를 가기도 했다. 꿈을 향해 열심히 달려가는 친구들을 멀리서 바라만 보며 나만 제자리에 머물고 있었다.

뒤따라갈 자신이 없었다. 뒤따라가고 싶지도 않았다. 내가 원하던 길이 아니었으니까. 그 사실을 나 자신도 이미 알고 시작한 경주였으니까. 그래도 극복할 수 있을 줄 알았다. "남들도 다 하는데 나라고 못 할 게 뭐가 있을까."라고 생각했다. 그러나 결국 나는 아무것도 이루지 못했다. 여기서 무엇을 더 이상 하는 게 무의미하게 느껴졌다. 아무것도 하지 않으면, 아무것도 아닌 사람이 되어버린 것 같아서 뭐라도 해야겠다 싶었다.

나는 생각의 속도를 낮추고 잠깐 브레이크를 밟았다. 내가 정말 하고 싶은 게 뭔지, 오래도록 흥미를 느끼고 할 수 있는 일은 뭔지, 나한테 잘 맞는 일은 뭔지. 초심으로 돌아가 '나'와 더 가까워지는 시간을 가지기로 했다. 물론 마음처럼 잘 되진 않았다. 아무리 마인드 컨트롤하려고 해도 하루하루가 불안하고, 초조하고 조급했다. 당연한 감정이라고 생각하고 받아들이려고 노력해 봤지만, 나 혼자 느리게 기어가고 있는 것 같은 기분에 한없이 우울해지기도 했다. '그래도 뭐 어쩌겠어. 해내야지.' 지금 느끼는 이 감정들은 긍정적인 변화에 따라오는 필연적인 요소일 뿐이라고, 시간이 지나면 자연스럽게 사라질 감정이라고 생각하기로 했다.

어릴 때부터 그림 그리고 글 쓰는 걸 좋아했던 나는 예술에 대한 갈망이 항상 마음 한편에 자리 잡고 있었다. 내가 느끼는 다양한 감정을 담아 무언가를 새롭게 탄생시킬 때 행복과 성취감을 동시에 느꼈다. 세상에 영감을 받고, 영감을 주는 사람이 되고 싶었다. 이왕이면 선한 영향력을 주는 사람. 그런 사람이 될 수만 있다면 어떤 일을 하든, 어떤 직업을 가지든 상관없었다. 일단 뭐라도 해봐야겠다 싶었다. 디자이너를 꿈꿀지, 작가를 꿈꿀지. 어떤 일이 나와 더 잘 맞을지 경험해 보지 않고서는 모르는 일이니까.

그런데 뭐부터 시작해야 할지 도통 감이 잡히지 않았다. 한 번도 경험해 보지 못한 길이 낯설기만 했다. 주변에 물어볼 곳 하나 없었고, 인터넷에 검색해서 나오는 정보들은 딱히 도움이 되지는 않았다. 답답한 마음에 근처에 있는 애니메이션 회사를 무작정 찾아가서 "디자이너가 되려면 어떻게 해야 하나요?"라고 조언을 구한 적이 있다. 지금 생각해도 그런 용기가 어디서 나왔는지는 모르겠지만, 그때 찾아갔던 회사 대표님께서 해주셨던 말이 아직도 기억에 남는다. "꿈을 향한 길은 스스로 개척해 나가는 것입니다. 남의 말을 들을 필요도 없고 남을 따라갈 필요도 없지요. 직접 경험해 보고 부딪히다 보면 분명 나만의 길이 보일 거예요."

그 이후로 백 마디 말보다 한 번의 행동이 더 중요하다는 '백언불여일행'을 마음에 새겼다. 나는 디자인과 관련된 서적과 영상들을 찾아보며 포토샵, 일러스트레이터, 프리미어 프로, 애프터 이펙트 등의 프로그램을 혼자서 공부하기 시작했다. 학교 다닐 때는 그렇게 하기 싫어 미루기만 했던 공부가 어찌나 재미있던지. "하고 싶은 일을 한다는 게 이런 기분이구나."라는 생각이 절로 들었다. 배우는 모든 과정이 그렇게 즐거울 수가 없었다. 아침에 눈을 뜨는 게 행복했고, 영상을 만들다가 작업에 푹 빠져 밤을 새우기도 했다. 막상 시작하고 보니 생각했던 것만큼 어렵지도 않았고, 왜 조금 더 일찍 도전하지 않았을까 하는 아쉬움만 남을 뿐이었다.

그때의 내가 내준 용기 덕분에 나는 '덕업일치'에 성공했고, 지금까지도 하고 싶은 일을 하면서 내 삶에 만족하며 살아가고 있다. 모든 꽃은 저마다 개화 시기가 다르다. 주어진 환경에 따라 조금 일찍 피기도 늦게 피기도 한다. 내가 조금 늦은 것 같다고 해서 남들보다 뒤처진다고 생각할 필요 없다. 아직 내 인생이 피어날 시기가 아닐 뿐이다. 그러니 불안해하지 말고 현재에 최선을 다하자. 나만의 소박한 정원에 핀 작은 새싹에 물을 주고 햇볕을 쬐어 주자. 언젠가는 활짝 만개할 그날을 위해.

나만의 소박한 정원에 핀 작은 새싹에

물을 주고 햇볕을 쬐어 주자.

언젠가는 활짝 만개할 그날을 위해.

대담하지 않아도 괜찮아

"소심한 게 고민이에요. 어떻게 하면 소심한 성격을 고칠 수 있을까요?" 내향형이라는 성향을 다루는 인스타툰 계정을 운영하면서 가장 많이 받았던 질문 중 하나다. 인터넷 검색창에 '소심함'을 치면 '소심한 성격 고치는 방법', '소심함을 극복하는 법' 등이 연관검색어로 뜬다. 가만 보면 우리 사회는 외향성을 요구하는 분위기가 기저에 깔려있는 것 같다. 그래서인지 소심한 성격을 가진 사람들은 자기 모습을 고쳐야 한다고 생각하는 경향이 있다. 내향적인 성격을 가진 아이들은 가만있어도 안쓰러운 시선을 받기 쉬웠다. 문제를 일으킨 것도 아닌데 도덕적 고려의 대상이 되곤 했다. 왜 그렇게 생각하냐고? 나도 어린 시절 내내 그 대상 중 하나였으니까.

나는 선천적으로 타고난 내향형 인간이다. 친해지고 싶은 사람이 생겨도 먼저 손을 내밀 용기가 없었고 다가와 줄 때까지 기다리기만 했다. 수업 시간에 선생님이 낸 질문에 정답을 아는 입이 근질거려도 자신 있게 손 한 번 든 적이 없었다. 발표라도 하는 날에는 칠판 앞에 서 있는 내 모습을 상상만 해도 체할 것 같아서 아침밥도 제대로 먹지 못했다. 사람들 앞에만 서면 빨라지는 심장 박동수 탓에 풀을 뜯어 먹는 염소처럼 목소리가 덜덜 떨렸다. 말을 하면 할수록 숨은 더 가빠졌고 호흡할 타이밍을 놓쳐 중간중간 말을 멈추기도 했다. 아마 뒷자리에 앉은 친구들은 내가 뭐라고 말했는지 알아듣지도 못했을 것이다.

"너는 애는 참 괜찮은데 너무 소극적이야. 너도 문제 있는 거 알지?" 어딜 가든 항상 듣던 말이었다. 특히 어른들에게. 대체 내향적인 게 뭐가 문제라는 건지 도무지 이해가 가지 않았다. 왜 어른들은 아이들이 마냥 활발하고 밝게만 자라기를 바라는 걸까. 무엇을 어떻게 고쳐야 하는지에 대한 설명은 없고 문제라고만 하니 도통 납득할 수 없었다. 나를 향한 걱정스러운 시선과 충고는 나를 더 엇나가게 할 뿐이었다. 나는 내 모습을 바꾸고 싶지 않았다. 소심하고 조용한 나지만, 있는 그대로 사랑받고 싶었다.

내향형이라고 하면 자신감이 없고 소극적일 거라고 생각하는데 정말 말 그대로 편견이다. 표출하는 공간과 방식이 외향형과 조금 다를 뿐, 내향형이라고 해서 열정이 없는 게 아닌데 말이다. 나는 주로 예술 분야에서 내 열정을 드러냈다. 초등학교 때는 전국 콩쿠르에서 피아노 부문 1위를 차지하기도 했고, 중학교 때는 시에서 열리는 백일장에서 학교 대표로 2번 연속으로 상을 받기도 했다. 고등학교 때는 밴드부에서 키보드, 합창부에서 반주자를 맡아 열심히 활동했다. 수련회나 학교 축제 때도 빠짐없이 장기 자랑을 나갔다. 신기하게 무대에만 올라가면 두려움이 설렘으로 바뀌었다. 무대 앞에 앉아있는 수많은 사람의 시선이 내 심장을 뛰게 했다. 그 순간만큼은 나를 향한 관심이 전혀 부담스럽지 않았다.

소심함 안에서 내가 할 수 있는 것들은 무궁무진했다. 물론 내향적인 성격으로 도저히 극복하기 어려운 영역도 있었다. 그럴 때는 실수만 하지 않으면 다행이라고 생각하며 잘하고 싶은 욕심을 내려놓았다. 단점보다는 장점에 초점을 맞추며 내 성향에 맞는 나만의 방법을 찾으려고 노력했다. 예를 들면 발표할 때는 말을 유창하게 잘하는 것보다 내용을 더 알차게 준비하자는 마음가짐으로 임했다. 사전에 대본 쓰는 것부터 시작해서 내용은 충분히 다 숙지했는지, 실수할 땐 어떻게 대처할 건지, 목소리 크기와 호흡은 어느 정도로 유지할 건지, 처음부터 끝까지 수십 번을 핸드폰으로 녹음하고 들으면서 실전처럼 연습했다. 물론 나처럼 철저하게 준비하지 않아도 발표를 잘하는 사람들을 보면 부러운 마음도 들었다. 그러나 나와 비교할 필요는 없다고 생각했다. 나는 나니까.

사회생활을 하다 보면 내향적인 성격이 오히려 도움이 될 때가 많다. 조용히 제 할 일을 하고, 사람들의 말을 묵묵히 들어주는 모습은 상사와 동료들에게 신뢰감 있는 인상을 심어 주기 쉽다. 내향적인 성격 그 자체는 문제가 아니다. 내가 문제라고 생각할 때 문제가 되는 것이다. 누군가 나의 소심함을 문제 삼는다면 "그래. 나 소심하다. 어쩔래! 보태준 거 있어?"라고 한마디 하면 된다. 소심하면 뭐 어떤가. 내 인생 내가 소심하게 살겠다는데. 소심해도 괜찮다. 대담하지 않아도 괜찮다.

소심해도 괜찮아.

대담하지 않아도 괜찮아.

나만의 플레이리스트

나만의 플레이리스트를 만든다. 좋아하는 가수의 좋아하는 노래로 길고 네모난 공간을 차곡히 채운다. 고심해서 고른 노래들을 한곳에 모아두고 보면 그게 꼭 나만을 위한 보금자리 같다. 노래 제목이 꼭 나에게 말을 거는 것 같다. 나를 포근하게 꼭 안아주는 것만 같다. 노래와 노래로 연결된 조그만 공간에서는 아무런 표정을 지어도 상관없다. 아무런 말을 하지 않아도 괜찮다.

나만의 플레이리스트를 듣는다. 그날의 기분에 따라, 그날의 노래를 듣는다. 노래 하나만으로 어제와 다른 오늘이 된다. 숨죽였다가, 소란스러웠다가, 손

끝만 까딱이다가, 어깨까지 들썩여 본다. 눈을 감고 가사 마디마디를 가슴에 새긴다. 흘러가는 멜로디에 머리를 기댄다. 가라앉을 걱정 없는 노래의 바다에서 구명조끼 없이 자유롭게 유영한다.

혼자 저 멀리 동떨어져 있는 것 같은 그런 날, 내 마음을 거울로 비추는 노래를 들으며 나를 위로한다. 이 세상에 서로가 존재한다는 사실조차 모르는 누군가가 만든 이 노래가 무성한 슬픔의 숲에서 빠져나올 수 있게 길을 터준다. 긴장의 끈을 놓으면 영영 늘어질까 봐 조이기만 하던 나에게 손에 힘을 빼도 된다고 속삭여 준다. 가끔은 멈춰가도 된다고, 힘들면 쉬었다 가라고, 지칠만했으니 지쳐도 된다고. 덤덤하게 사소한 안부를 건넨다.

노래가 없는 세상은 상상하기도 싫다. 안 그래도 삭막한 삶이 얼마나 더 팍팍해졌을지 생각만 해도 아찔하다. 내 인생에 노래가 없었다면 나는 어떻게 살았을까. 그날의 소중한 기억을 시선으로 추억했을까. 지친 내 마음 달래줄 사람 하나 없는 날, 메마른 밤의 끝을 어떻게 지새웠을까.

좋아하는 가수의 좋아하는 노래로

길고 네모난 공간을 차곡히 채운다.

그날의 기분에 따라, 그날의 노래를 듣는다.

끝 을 마 주 하 는 건

불과 몇 개월 전 일이었다. 여행을 갔다가 집으로
돌아오는 길에 아끼던 목걸이를 잃어버리고 말았
다. 공항 보안 검색대에서 목걸이를 빼고 나서 입고
있던 외투 주머니에 넣었던 것까지는 기억이 나는
데, 그 이후로는 생각이 나지 않는다. 아무래도 주
머니에서 핸드폰을 꺼내다가 바닥에 떨어트린 모양
이다. 그것 말고는 집히는 게 없다. 그래도 혹시나
하는 마음에 가방 밑바닥과 안주머니까지 구석구
석 뒤지며 끈질긴 수색 작전을 벌였지만, 결국 목걸
이의 행방을 찾지 못했다.

"주머니에 넣지 말고 가방에 넣을걸." 하며 뒤늦게

후회해 봤지만, 그런다고 발도 없이 집 나간 목걸이가 제자리로 돌아오지는 않았다. "에이, 됐어. 괜찮아. 목에 차면 다 목걸이지." 기분 전환이라도 해야겠다 싶어서 다른 목걸이를 목에 걸어 보았다. 전에는 군말 없이 잘만 하고 다니던 목걸이였는데. "줄이 너무 불편해. 디자인이 너무 촌스러워." 그날따라 마음에 안 드는 것투성이였다. 어떤 것도 잃어버린 목걸이의 빈자리를 채워주진 못했다. 똑같은 것을 새로 산다고 해도 땅으로 뚝 꺼진 이 기분이 쉽게 돌아올 것 같지는 않았다.

사람에도 물건에도 미련을 두지 않는 나지만, 이번만큼은 서운함을 감출 수가 없었다. 잃어버린 목걸이는 재작년 내 생일을 기념해 내가 나에게 준 선물이었기 때문이다. 거의 반년을 신중하게 고르고 골라 어렵게 찾아낸 목걸이였는데. 2년이라는 짧지 않은 시간 동안 가장 가깝게 많이 볼 수 있었던 존재가 하루아침에 말도 없이 사라지니 기분이 이상했다. 작별 인사라도 할 수 있었다면 이 허전함이 조금은 덜어졌을까. 그랬다면 후련한 마음으로 떠나보낼 수 있었을까.

고작 목걸이 하나로 이러는 나도 참 웃기지만, 아쉬움이 남는다는 건 그만큼 아꼈다는 말이기도 하니까. 인연이라는 것도 그렇다. 끝을 외면할 때보다 똑바로 볼 때 더 아프고, 아픈 만큼 소중함을 더 깨닫게 된다. 원래 곁에 꼭 붙어 있을 땐 잘 모른다. 당연하니까, 당연할 것 같으니까. 익숙함에 속아 소중함을 잃는 게 아니다. 익숙함에 익숙해질 뿐이다. 속는 게 아니라 알려고 노력하지 않을 뿐이다. 이미 다 알고 있지만, 모르는 척할 뿐이다. 끝을 마주하는 건 언제나 어렵고 힘드니까. 사람이든, 사랑이든, 무엇이든.

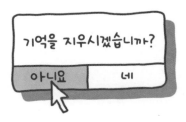

끝을 마주하는 건 언제나 어렵고 힘들다.

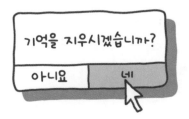

사람이든, 사랑이든, 무엇이든.

무드셀라 증후군

무드셀라 증후군. 좋은 기억만 남겨두려 하는 현실 도피 심리. 추억은 아름다운 것이어야 하기에 나를 아프게 하는 기억은 신기루처럼 사라지는 마법을 부린다. 아무 일도 없었던 것처럼 지워 버린다. 연약한 마음이 더 이상 물러지지 않게, 다치지 않게 뿌리까지 싹둑 도려낸다. 언제라도 도망칠 나만의 구석을 만들기 위해 고통의 기억을 소멸시킨다. 기억하고 싶지 않은 일들이 떠오를 때, 그때의 나를 마주할 용기가 없어 회피해 버린다.

인생은 반짝거리는 추억을 되새기며, 찬란하게 빛나던 내 모습들을 떠올리며 살아가는 거라고. 남는 건 추억뿐이라고 한다. 글쎄, 나는 잘 모르겠다. 지금이 아무리 불행하다고 해도, 행복했던 과거로 시간을 돌릴 수 있다고 해도 돌아가고 싶지 않았다. 좋은 기억도 선명하게 남겨두는 것보다 희미하게 지워져 있는 게 좋았다. 아련하게 떠오르는 것이 가슴을 아리게 할지라도 지나간 것은 지나간 대로 두고 싶었다.

추억을 반추하다 보면 이상한 기분이 들었다. 그립거나 뭉클하다거나 그런 애틋한 감정이 아니었다. 이제는 정지 화면으로 멈춰버린 흑백영화 속에 머물러 있는 내가 꼭 다른 사람 같았다. 꿈과 현실의 경계에서 나도 모르는 추억의 흔적들이 곳곳에 어려있는 게 낯설고도 멀게만 느껴졌다. 좋았던 기억이 나를 웃음 짓게 만들어도 그 웃음이 내 것이 아닌 것 같았다. 슬펐던 기억이 나를 울려도 그 눈물이 내 것이 아닌 것 같았다.

강렬한 감정을 느낄수록 기억에 오래 남는 법이기

에 덜 좋아하려고, 덜 사랑하려고 했다. 덜 간절해지려고 마음을 덜어내고 또 덜어냈다. 추억이 내 발목을 잡고 놓아주지 않을까 봐. 내 고개를 돌려 뒤를 보게 할까 봐. 내 선택을 후회하게 할까 봐. 앞으로 나아가지 못하게 할까 봐. 감정의 불이 타오르지 못하게 축축한 모래를 뿌렸다. 행복이 있기에 불행이 있는 거라면 행복하고 싶지 않았다. 그저 모든 시간이, 모든 날이 무탈하기만을 바랐다.

현실이 괴로울 때 추억에 발을 담그진 않았지만, 상상으로 고통을 희석했다. 무명의 소설가가 되어 이상 속의 나를 한 편의 영화 속 주인공처럼 써 내려갔다. 실체가 없는 물음표에 막연한 기대를 걸었다. 과거는 바꿀 수 없어도 미래는 바꿀 수 있으니까. 지금의 나에게 달렸으니까. 어느 것도 정해져 있지 않다는 가능성이 건네준 희망은 어제를 잊게 하고, 오늘을 버티게 하고, 내일을 기대하게 했다.

그저 모든 시간이, 모든 날이
무탈하기만을 바랐다.

불완벽한 완벽주의자

완벽주의자들에겐 공통점이 있다. 시작하는 것보다 포기하는 것이 더 편하다는 것. 어중간하게 잘할 바에야 적은 노력이라도 아끼는 게 낫다고 생각한다. 가능성에 기대를 걸지 않고, 반드시 해낼 기회만을 노린다. 나는 이상만 높은 완벽주의자였다. 항상 더 나은 나를 꿈꿨지만, 마음만큼 따라주지 않는 게으름을 채찍질하고 다그치기만 할 뿐. 시작할 엄두가 나지 않아 제자리에서 손톱만 물어뜯었다.

이 책을 집필할 때도 마찬가지였다. 두루마리 휴지 풀 듯 술술 잘 풀리는 날도 있었지만, 명절 연휴 고속도로처럼 꽉 막히는 날도 있었다. "오늘은 날이 아니야. 내일부터 제대로 해야지." 하며 모니터 앞에서 깜빡이는 텍스트 커서만 바라보다가 귀한 하루를 다 날려버린 적도 있다. 시작을 알리는 총소리를 듣고도 준비 자세 그대로 굳어있었다. 마감 기한이 코앞으로 다가오면 그제야 발등에 불을 붙여놓고 정신을 못 차렸다.

완벽하게 쓰려다 보니 글에서 내가 느껴지지 않았다. 열심히 지우개로 지운 흔적만 보일 뿐. 무슨 글을 쓰는 건지, 무슨 글을 쓰고 싶은 건지. 글을 쓰는 나도 알 수가 없는데 읽는 사람은 오죽할까. 점점 불안해지기 시작했다. 안 그래도 위태로운 나를 울타리 하나 없는 벼랑 끝으로 몰아붙였다. 조금만 발을 헛디뎌도 저 아래로 떨어질 것 같았다. 완벽해지고 싶은 마음 뒤에는 초라한 내가 있었다.

나는 나를 감싸고 있던 포장지를 과감하게 벗기기로 했다. 잠들기 전에 침대에 누워서 조명등 하나만 켜놓고 쓰는 일기장처럼 부담 없이 글을 써 내려갔다. 맞춤법도 띄어쓰기도 무시하면서 말이다. 아마 글을 다 쓰고 나면 아주 창피할 것 같다. 하지만 세상에 완벽한 것만 존재하라는 법은 없으니까.

'완벽'은 절대적이지만 '완벽한 것'은 상대적일 수밖에 없다. 판단의 기준은 사람마다 다르다. 내 눈으로 보면 허점투성이인 것도, 남의 눈으로 보면 그럴듯해 보일 수 있다. 모든 건 이미 그 자체로 완전하다. 미숙하면 미숙한 대로 하면 된다. 완벽하지 못하다고 해서 실패작이 아니다. 완벽주의를 핑계 삼아 미완성으로 남겨두는 것보다, 완벽하지 않더라도 일단 완성이라도 시키는 것이 더 낫다. 완벽보다 중요한 건 완성이다.

불완벽한 것의 역할도 나쁘지 않다고 생각했다. 불도 완벽도 없는 것보다는 뭐라도 있는 게 낫지 않겠는가. "저런 사람도 책을 쓰는구나. 나도 할 수 있을 것 같은데. 한 번 도전해 볼까?"하는 용기도 아무나 줄 수 있는 게 아니니까. 도전한 사람만이 줄 수 있는 깨달음이니까. 이 책이 부디 그런 책이라도 되었으면 좋겠다. 나는 그거면 된다. 그것만으로 충분하다. 그러니까 일단 하자. 죽이 되든 밥이 되든.

완벽하지 못하다고 해서 실패작이 아니다.

완벽보다 중요한 건 완성이니까.

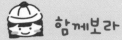 함께보라

당신의 이야기로 채워주세요

Bucket List

인프제 보라가 죽기 전에 꼭 해보고 싶은 것
할 것!

- ☐ 강아지 키우기 🐶
- ☐ 재택근무 or 프리랜서
- ☐ 해외여행가서 버스킹
- ☑ 방 인테리어 직접 하기
- ☐ 책 출판하기 ✳
- ☐ 외국에서 한 달 이상 살아보기
- ☑ 마카롱 완벽하게 만들기
- ☐ 필름 카메라 마스터하기
- ☐ 옷 만들기
- ☐ 작사 작곡 하기 ♬
- ☐ 기타 배우기
- ☑ 브이로그 만들기
- ☐ 플리마켓 참가
- ☐ 11자 복근 (과연..)
- ☐ 공방 차리기 ✳

Bucket List

내가 죽기 전에 꼭 해보고 싶은 것
할 것!

- [ ] _____
- [ ] _____
- [ ] _____
- [ ] _____
- [ ] _____
- [ ] _____
- [ ] _____
- [ ] _____
- [ ] _____
- [ ] _____
- [ ] _____
- [ ] _____
- [ ] _____
- [ ] _____
- [ ] _____

Interview

Q. 어떤 분들에게 이 책을 추천하고 싶으신가요?

A. 이 책의 제목처럼 생각의 스위치를 끄고 싶은 분들에게 조심스럽게 이 책을 건네고 싶어요. 그리고 과거의 제 자신에게도요.

불과 몇 년 전까지만 해도 자기 전에 베개에만 누우면 생각의 방 안에 갇히곤 했는데요. 새벽 4시가 되어야 겨우 잠에 들었고, 수면이 부족한 몸은 너무나도 쉽게 예민해졌어요. 그 상태로는 무엇 하나 제대로 해낼 수가 없었어요. 악순환의 반복이었죠.

부정적인 생각들이 머릿속에 가득 차니 모든 게 겁이 나기 시작하더라고요. 인간관계도, 일도,

사랑도 버겁기만 했어요. 그 시간들이 꽤 길었고 이제야 솔직하게 말하는 거지만, 정말 많이 힘들었던 것 같아요. 떠올리고 싶지 않을 정도로요. 그래도 그때가 있었기에 지금의 제가 있는 거고 그 시간들이 없었더라면 이 책도 세상에 나올 일이 없었겠죠. 지난날의 나, 그리고 그 과정에 서 있는 분들에게 한 모금의 여유를 줄 수 있는 책이 되기를 바랍니다.

Q. 이 책에서 가장 아끼는 문장을 꼽는다면요?

A. 〈너에게도 나에게도 너그럽게〉 주제의 마지막 문장인 "인생이란 수없이 지워진 흔적이 남은 종이 위에, 나만의 색으로 여백을 채워나가는 과정이니까."인데요. 저는 저한테 그리 너그럽지 못한 사람이었습니다. 제가 기대한 만큼 해내지 못하면 저를 질책하고 비난하기 바빴어요. 과정보다 결과에 집착했고, 결과가 안 좋으면 그동안 제가 노력해 온 시간들이 다 무의미하게 느껴졌어요. 지금 돌아보면 왜 그렇게 저에게 엄격했나 몰

라요. 괜찮다는 말이 뭐가 그렇게 어려웠을까요. 잘하는 게 당연한 게 아닌데. 못할 수도 있는 건데. 인생은 과정의 연속일 뿐인데 말이에요.

Q. 작업하는 과정에서 가장 고민했던 지점은 무엇일까요?

A. 글을 쓰는 과정에서 '이게 진짜 내 생각이 맞나?'라는 생각이 들 때 가장 고민이 많아졌던 것 같아요. 혼자만 보는 일기장에 쓰는 글이 아니기에 평소에 하던 생각들이 자연스럽게 나오질 않더라고요. 책의 마지막 주제인 〈불완벽한 완벽주의자〉를 읽어보시면 제가 어떤 고민을 하며 어떤 심정으로 이 책을 쓰게 됐는지 아실 수 있을 거예요.

Q. 이 책으로 작가님을 처음 알게 된 독자에게 해주고 싶은 이야기가 있다면요?

A. "생각이 많아도 괜찮아요."라는 말을 해드리고 싶어요. 제가 만약 서점에서 이 책을 집었다면,

아마 생각이 너무 많아 잠에 들기 힘든 나날들을 보내고 있지 않았을까 싶어서요. 저도 그럴 때가 있었고 그때의 저에게 가장 필요했던 말이 "괜찮아."라는 말이었던 것 같아요. 누구에게도 듣지 못한 말. 스스로에게도 해주지 못한 말. 괜찮다고. 충분히 잘하고 있다고. 잠깐 쉬었다 가도 된다는 덤덤한 위로의 말을 전하고 싶습니다.

Q. 첫 책을 출간한 소감이 어떠신가요?

A. 사실 실감이 잘 안 나요. 제 버킷리스트 중 하나를 이루게 된 셈인데 막상 현실이 되니까 꿈을 꿀 때만큼 설레고 기쁜 마음만 존재하는 건 또 아니더라고요. 함께 애써주신 출판사와 많은 도움을 준 주변 사람들에게 좋은 결과로 보답하고 싶은 마음이 크다 보니 불안하기도 하고 여러 가지 감정들이 교차하는 것 같아요. 그래도 지금은 뿌듯한 감정이 가장 크다고 말하고 싶어요.

Q. 앞으로의 계획이 있을까요?

A. 글쎄요. 특별히 뭘 하고 싶다거나 이루고 싶은 건 딱히 없지만, 많은 사람들에게 존재 자체로 위로를 줄 수 있는 사람이 되고 싶어요. 저는 힘들 때 저를 위한 조언이나 따뜻한 말보다는 저와 비슷한 생각을 가진 사람이 이 세상에 있다는 게 가장 큰 위로가 되더라고요. 저도 누군가에게 그런 존재가 되고 싶은 것 같아요. 어찌 보면 모르는 사람들에게 왜 위로를 해주고 싶은지 궁금하단 질문을 받은 적이 있었는데요. 잘 모르겠어요. 이유는 없는데 저를 포함한 모두가 덜 아프고 더 행복했으면 좋겠어요.

생각을 끄는 스위치가 필요해

초판 1쇄 발행 2024년 01월 17일
초판 3쇄 발행 2024년 04월 15일

지은이 인프제 보라
펴낸이 김상현

총괄 유재선　**기획편집** 전수현 김승민 추윤영　**디자인** 이현진
마케팅 김지우 송유경 김은주 김예은 남소현 성정은
경영지원 이관행 김범희 이진숙 이수경

펴낸곳 (주)필름
등록번호 제2019-000002호　**등록일자** 2019년 01월 08일
주소 서울시 마포구 동교로25길 23, 정암빌딩 2층
전화 070-4141-8210　**팩스** 070-7614-8226
이메일 book@feelmgroup.com

필름출판사 '우리의 이야기는 영화다'

우리는 작가의 문체와 색을 온전하게 담아낼 수 있는 방법을 고민하며 책을 펴내고 있습니다.
스쳐가는 일상을 기록하는 당신의 시선 그리고 시선 속 삶의 풍경을 책에 상영하고 싶습니다.

홈페이지 feelmgroup.com　**인스타그램** instagram.com/feelmbook

ISBN 979-11-93262-08-5(03810)